T0162664

УЗУРПИРОВАНА

Написала автор

Анастасия Шмарьян

Перевод с Английского

Анастасия Шмарьян

Основано на правдивой истории, с реальными
фактами событий. Здесь имена героев;
названия мест, действия - изменены;
и, всё происходит в начале XXI Столетия.

Order this book online at www.trafford.com
or email orders@trafford.com

Most Trafford titles are also available at major online book retailers.

Printed in the United States of America.

ISBN: 978-1-4907-4812-2 (sc)
ISBN: 978-1-4907-4811-5 (e)

Trafford rev. 10/17/2014

www.trafford.com
North America & international
toll-free: 1 888 232 4444 (USA & Canada)
fax: 812 355 4082

ЧАСТЬ - I

ВЫ ВИТАЕТЕ В ОБЛАКАХ

ГЛАВА 1

Здесь, в это время дня суток, отрывается вид обширного побережья Африки, на пляже, вдалеке, где горизонт встречается - с Индийским Океаном.

Там обращают на себя внимание пара дельфинов, которые вначале, пошли глубоко под воду. Там, к удивлению, млекопитающие, подпрыгивают вверх, и разбрызгивают воду вокруг фонтанчиками, сверху, из своих плавников.

В верхней части города, в обширном районе: проезжает мимо зигзагами общественный транспорт, создавая шумы.

Сейчас - обычный день в среду, вторая половина дня, в Африканском городе. На тротуаре торговец продаёт типичную Африканскую кухню, и, там, на углу пляжа видны местные ребятишки, играющие в парке.

А, у побережья, зрители наблюдают, как молодые люди играли с удовольствием, в пляжный волейбол. Линия побережья, пролегавшая по пляжу, когда проходя мимо, следом, она садится вниз, на золотой, влажный песок молодая женщина: при чём взгляд падает на её внешний вид, где она была обворожительна. Цвет её волос показался каштановым; и, она предстала: в возрасте двадцати-пяти, или старше. Её зовут Флора Уитмор: и, мы здесь концентрируемся на ней, когда она стала растягивать мышцы своих суставов.

Вдохнув много воздуха, оно замирает, наполняя внутренность лёгких Флоры. Сейчас её рука поднимается верх, создавая видимость, будто она стремится к облакам. Она ощущает лёгкий холодок со стороны моря, прямо ей в бёдра. Она затем, устремляет взгляд верх, и, замечая было: белые, пушистые облака, плывущие по-воздуху, по-среди небесно-голубого.

А, солнце выделяется, упираясь в небо; даже, где гигантские лучи с их отражением, резко падают в поток волн, где она замечает их блески.

Кажется Флора смотрит внимательно, на тех дельфинов. И, улыбка появляется на её лице.

Она, затем переключает свой взгляд на молодую парочку, которые проходя мимо, смотрели друг-другу в глаза.

И, теперь эта пара начала целоваться одержимо. А, у Флоры, не громкое вдохновение: 'И какая же, славная пара, похоже они совершенно влюблены?'-

Но вдруг, произошли изменения в её взгляде - на суровость, в то время, как она сконцентрировала свои глаза в сторону океана.

Внезапно у неё начались воспоминания, как, будто память н наводнила собственные мысли Флоры; напоминая ей о прошлых приключениях, которые произошли - не так давно...

Здесь время переносится назад - в Нью-Хейвен, штат Коннектикут. А, в углу, со-стороны помещения Университета, Флора читает на двери наклейку: 'Медицинский Факультет', до того, как войти в нужный театр для лекций.

Внутри помещения видна огромная аудитория, где много присутствующих - такой же возрастной группы, как и Флора; они все сидят на лавках. Она же тут садиться рядом с молодым человеком, с Африканской внешностью.

Какое-то время спустя, когда семинар закончился, Флора встаёт со своего сидения; а, затем направляется к выходу.

А, в то время, молодой человек следует за ней, позади; и, он сейчас обращается к ней. Обернувшись, она сталкивается с оратором, и, Мбеки задаёт вопрос, на ломанном Английском: "Простите, а, вы идёте на следующую лекцию? Я вижу, что мы на том же самом курсе, и, ещё в группе, правда?"- Теперь Флора опускает голову, и смотрит на свои ручные часы: "Я не знаю, но может быть, так. Скажите, вы изучаете медицину? И, если вы да учитесь, в таком случае, мы оба на одном факультете. Но, я сейчас спешу ведь будет не красиво, опоздать на следующее лекцию? Вы не согласны со мной?"- Она здесь глядит с интересом на него, и, также слушает. А, молодой человек – имеет ввиду, отвечая: "Вы, абсолютно правы! И, если вы не возражаете, я могу с удовольствием проводить вас после лекции сегодня, хорошо?'-

Флора тут же кивает головой: "Ладно, всё в порядке! Давайте же, поспешим, иначе мы опоздаем!"-

А, в лекционном зале взгляд падает на: хорошо сложённый, от интенсивного, с чистыми глазами и, щедрой внешностью; а, на вид он - пожилой человек. Он среднего роста; и стоит перед группой семинаристов, читает для пятнадцати студентов; и, он, который носит титул - Профессора Психологии в Медицине. В его внешнем виде наблюдается, что грива у него, с оттенком белого и, серебристо-сероватого. Описывая Фридмана внешность: у него обычная стрижка волос, и, он из Оксфорда, это - Фридман. Он стоит перед аудиторией, и, читает лекцию для студентов.

Чуть позже, на месте Профессор выбрал между ними тех, в пользу славы, кем являются: Флора, и - мужчина с Африканской внешностью, чьё имя стало известно общественности, как – Мбеки Менринга. При этом, Фридман делает объявление: "Здесь среди пятнадцати студентов, я выбрал: мисс Уитмор, и, мистера Менринга – оба шаг вперёд, и, делайте ваши презентации!"-

На месте, пристально разглядывая магистратов, Фридман, садится в сторону, где он любезно, внимательно слушает магистратов. Это - те, кто выступал, со своими тезисами; чьи презентации лучше; и, кому впоследствии, он будет делать переоценку.

Первой представляет свою тему Флора. Следующий Мбеки, который, также, завершил свою направленную презентацию по-предмету;

но, каждый по их способности открытой темы, какие, были представлены ними, при людно.

Мгновение спустя, профессор поворачивается, и, следит, чтобы лекция в группе, шла своим чередом; за исключением: каждый из них - в своём глубоких раздумьях, и, неподвижны. Теперь видно, как профессор сняв очки для чтения, протирает их; и, тем самым, медленно - заставляя студентов, ожидать его.

Вскоре, наступает конец лекции, и - звонит звонок.

В тот же день, удивительным образом, на улице, у здания Университета, видно ту же молодую пару, покинувшую здание, где они гуляют уже за стенами. Флора находится рядом с человеком с Африканской внешностью, её со-курс ник имя которого - Мбеки. Оба идут неспешной походкой, и, на слух их шаги шаркают по-поверхности земли.

В то время, как эта пара занята приятным те-те-те, при чём, не обращая внимание на других. И тут Флора первая спрашивает: "Значит вы прибыли сюда из Африки, чтобы учиться в университете? Это - так?"- А, Мбеки даёт ответ: "Это - так и есть! Понимаете, в моей стране действительно невозможно, для достижения высшего образования, или другой мечты. В связи с этими трудностями, моя семья и помогла мне в организации учёбы в вашей стране. И, я поехал в сюда, чтобы найти лучшую жизнь!"- Он тут замолкает; и, глядит на неё с интересом; а, затем, продлевает:

"Мы беседовали о многих интересных вещах, хотя у нас не было шанса для надлежащего знакомства? Кстати, меня зовут Мбеки, и я проучился в этом колледже, на протяжении нескольких лет. А, вы? Как я могу, звать вас?"- Она же, отвечает с улыбкой: 'Меня зовут Флёр, но вы можете звать меня Флора, так легче! Я изучаю медицину в том же университете, и равен с вами, нахожусь здесь уже несколько лет. Я мечтаю стать доктором. Понимаете моё стремление лечить людей! С тех пор, как я была ребёнком, я мечтала помогать всем, кто болен, и, лечить, чтобы они выздоровели. Возвращаясь к вопросу, где вы спросили, и, да это страна моего рождения!'- Она замолкает; усмехается, и, продлевает: "Ну а, в будущем: с помощью немного удачи, я надеюсь достигнуть своих целей, и, да это страна моего рождения!'- Она тут вновь замолкает; усмехается, и, тут же продлевает: "Ну а, в будущем: с помощью немного удачи, я надеюсь достигнуть своих целей, и найти работу в кратчайший срок, что так всегда бывает, после окончания вуза, естественно!"-

А, он улыбаясь, тут же, вопрошает: 'Вы кажется, так и не определись, Флёр? Не волнуйся, ты и я ещё не окончили университет! Почему бы нам, не подождать, и - не посмотреть в будущем, как быть? Нам сейчас обоим необходимо сосредоточиться на учёбе и, на реализме, что также, в пику? Позже, мы можем подождать и увидеть? Ты так, не думаешь? На самом деле, нам нужно воспринимать многое, постепенно, день-за-днём! Поскольку, жизнь полна сюрпризов!'- А, она в ответ, качает головой: 'Хорошо!'- Он теперь меняет курс беседы в иное русло:

"Хорошо! Флёр, ты не голодна, случайно? Я спрашиваю потому, что сейчас прошло обеденное время, уже давно!"- Мбеки затем, глядит на неё; а, Флора, в свою очередь, качает головой. И, он тут же провозглашает: 'Хорошо, тогда пошли?'-
Следом, Мбеки берёт руку Флёр - в свою…

Потом, привлекает внимание, как они оба поспешно перешли дорогу, направляясь в кафе - на противоположной стороне. Флора шагает рядом с Мбеки; и, вскоре оба входят в ресторан "Голодный Джек".

А, там, внутри можно было увидеть не менее: восьми и до десяти других клиентов, которые сидели за столиками.

А в то время, Мбеки подошёл в пределах досягаемости к прилавку; и, сразу обратился к одному из работников, которого можно заметить здесь; тогда, как тот работник перебивает разговор, говоря медленно, при чём, используя слова сарказма к Мбеки: "Что это - настало время кормёжки, или что?"- Он здесь крутанулся, став перед лицом Флёр; и, здесь имеет дело к ней: Чем я могу вам, помочь? Вы наверно тоже, голодны? Ух ты, вы хотите как в росе бутерброд, или же, двойной гамбургер?'-
Этот работник, затем, начинает петь при этом, медленно произнося слова: "Всегда к вашим услугам, Сударыня!"- Услышав нонсенсе, она прерывает его, при чём, в ней возросло недовольство:

"Послушай, ты - клоун, мы очень голодны, и пришли сюда не смотреть, на концерт? Чёрт, побери! Вам оплачивают зарплату, чтобы нас обслуживать, поняли? И, только посмейте, подать нам еду для крыс! Так, дайте же нам всё, что обычно идёт с уценкой, поделив для нас, с возможностью, поесть!"-

Флора первым делом, предложила Мбеки двойной гамбургер. И, обращает внимание то, что она купила себе тоже гамбургер с сыром.

А, Мбеки, подхватил бутерброд, и в один укус, отрывает три четверти его, не обращая внимания на других, кто в свою очередь, наблюдали, как он, с обжорством, делает фокус: исчезновения этой громадины у себя во-рту.

ГЛАВА 2

Прошло несколько месяцев. Здесь и сейчас можно обозреть пейзаж: небо - в сапфире, где облака граничат с пушистом хлопком туч, плавно плывут над крышами и, за пределами земной поверхности - зданий; там, где дни - превращаются, в ночи.

А, в кафе университета сидит Флора, а, напротив неё, за круглым столом замечен Мбеки. Эти двое питаются поджаренными курицами, запивая между едой, питьевой водой.

Они, кажется, оба заняты глубоко-сердечным разговором, в то время, как, было слышен шум вокруг; а ещё - суматоха: отзвуки, где резонансы разговора людей слышались там, при этом, усиливались. Она же глядит ему в глаза, спрашивая: "Итак Мбеки, куда же ты направляешься, после лекций? Я надеялась, что мы сможем пойти в одно место, и, повеселиться? Что ты думаешь, об этом, Мбеки?"- Мбеки тут же отвечает: 'Это отличная идея. А, с другой стороны, ты же, знаешь, у меня нет машины? Если, только ты готова, отвезти нас обоих на ту вечеринку?'- А, Флора в ответ: "Да брось ты, Мбеки! Если только проблема в этом, что удерживает тебя, в помещении? Забудь об этом! Я могу отвезти тебя и себя на вечеринку. На самом деле, мы оба приглашены! Я подберу тебя ровно в семь вечера! Ну, а ты должен быть готов к тому времени!"- Флора на сей раз произносит, влюблённо: 'Знаешь, я ведь - женщина, и, было бы некрасиво мужчине заставлять даму ожидать! Правда же?'

Сейчас в этом месте, вечернее время суток, а на улицах Нью-Хейвена попадают в поле зрения две парочки, подъезжают в машине, серебристого цвета брэнд седана.

Сразу лишь зажигание было выключено, эти двое покидают салон автомобиля; в то время, как они появились одетыми нарядно, для особых торжеств.

В это время внимание привлекает Флора, идущая рядом с Мбеки; когда они входят, в дом-вечеринки, где играет музыка, с оглушающим слух, звучанием; а, в помещении можно наблюдать за большой группой молодых людей, которые танцевали, и, прекрасно проводили там время.

А, Флора пока держит Мбеки за руку; и, вскоре они присоединились к остальной компании, которые тоже гуляли, здесь.

И теперь взгляд переключается на ново-прибывших, и, раздающих воздушные поцелуи; за этим следует, болтовня.

Некая Сильвия произносит, весёлым тоном: 'Эй, Флора, хорошо, что ты пришла сюда? И ты тоже, Мбеки!'- Здесь, голос Флоры с восторгом: ''Спасибо, Сильвия!''-

Теперь Мбеки обернулся, чтобы глянуть на неё: "Ага, спасибо! Где, Трой?"- Сильвия же указывает рукой вверх, потом, назад: "Трой на тренировке по-каратэ, он скоро здесь будет, вместе с Джерродом и Элем. Флора, ты пропустила тренировку, сегодня?"- Но, у Флоры явно растерянный взгляд, и она слоняется влево: "Ладно! Всегда будет следующий раз?"-

А, она тут качает головой, улыбаясь, и поднимает два бокала с вином: первый она поддаёт Мбеки.

Следующим делом она потягивает алкоголь сама, из рюмки. А Мбеки подмигивает, и, берёт её руку в свою, повествуя: "Флёр, ты хочешь танцевать?"-

Оттуда доносились звуки от оглушительной музыки эхо-сигналов тех, кто находился отдалённо, и, где было крепление в доме-вечеринки, активизировались полностью, с подсветкой.

Уже внутри дома-вечеринки внимание привлекают Мбеки, держащий Флору в объятиях, когда они стали кружиться в вальсе, в линию, на деревянном полу. А, другие танцующие пары остановились, чтобы поглядеть на них. Когда Мбеки и Флора окончили танцевальное выступление; а, другие парочки стали изящно хлопать в ладоши. Это - фантастика.

Там же, слышится разнообразие мелодий, громко звучащие; и, молодые люди танцуют, при этом развлекались, где ясно было видно: движения обуви, а, их поступи раздавались эхом, в ритм музыки, что играла на высоких частотах звука от их резонансов.

Пребывая в компании тех, кто наслаждается всем с экстазом, это место оказалось отличным домом-вечеринки; и, оно продлилось далеко за полночь.

Вечером того же дня, Флора сидит в салоне такси, рядом с Мбеки, а, снаружи можно обозреть её профиль, сквозь стекло автомобиля, который серебристого цвета – и, брэнд седана.

Внезапно, слышится вибрация телефона: у Флоры жужжал сотовый. Когда, она вытащив сотовый из своего кармана, и, ответила на звонок: "Алло? Папа, это ты? Я была на вечеринке сегодня. Но, я не могу вернуться домой! Потому, что мы отлично проводим время здесь, вероятно мне придётся остаться ночевать, в доме у друзей из университета, до завтра? Я увижу с тобой и мамой завтра утром. Не волнуйся, за меня, папа?"- А, мужской голос, в телефоне: "Флора, как ты можешь просить нас с мамой не беспокоиться за тебя? Ты хоть знаешь, который час? Ответь, где ты, сейчас, а, я приеду и подберу тебя? Кроме того, ты наверно выпила алкоголь? Поэтому, ты не должна садиться за руль; также, Флора, сейчас уже довольно поздно на улице. Так, где именно ты оставила машину, тогда? И, я надеюсь, что ты не села за руль, да или нет?"- Ну а, Флора смеётся в телефон: "Папа, я же не дитя! Я знаю правила! Так как, моя машина запаркована рядом с домом друзей, я не поведу машину, так или иначе. Итак, я решила остаться на ночь у друзей! Пока, папа! Увидимся потом, аллигатор!"-

В то же время Мбеки, задал вопрос: 'Этот, который сейчас звонил, был твой отец?'- Флора же, усмехается, посредством её чарующего взгляда - в глаза Мбеки: 'Да, уж! Это - был мой отец, да и мама, они все волнуются за меня, папа настаивал приехать сюда, и, забрать меня. Я не врала, когда сказала, что сегодня вечером, я правда провела, прекрасно время с вами!'-

А, Мбеки светится радостью, это было заметно, как его белые зубы сверкали, в контрасте с его тёмной, на фоне его гладкой кожи, даже с их белизной, здесь появляется его улыбка: "Я тоже. Так, что мы будем делать, дальше? Я вижу, ты собственно, не особенно, спешишь? А, разве нет?"- Потом он стал постепенно щекотать её губы, за этим последовали поцелуи. По-прихоти, следует: эти двое передовых, увлекаются в более страстные поцелуи, в засос.

В ту же ночь, в комнате общежития удивительным образом Мбеки плавно стали щекотать губы Флоры, и бум: их танец продлился.

И, в тоже время, они оба неторопливо стали раздеваться. Там же Флора и Мбеки застыли, целуясь в засос; а, их руки быстро двигаются, отдыхая друг-у-друга на голой коже, под одеждой. Они выглядят голодными, и отчаянно стремятся заняться любовью, при этом, медленно погружаясь, поверх постели - на кровати...

Если по-наблюдать, как через окно, луна освещает сюда; там есть подарок судьбы для той пары, при отражении, ярких лучей.

На следующее утро Флора стоит рядом с Мбеки, в лаборатории Факультета медицины, и взгляд падает туда, где наряду с ними, присутствуют ещё и окруженные, огромной группой студентов, одетых в белые халаты, в такие же, как обычно носят, все доктора.

Там, также присутствует и Фридман, читающий лекцию. А, Флора на месте событий, что-то шепчет Мбеки, прильнув, вблизи к его уху; в то время, как её губы скользят по его коже: "Спасибо, за великолепную ночь. Я о тебе всё время думаю! Я не могу даже концентрироваться на учёбе?"-
Но, Фридман мрачно тыкает пальцем на Флору: 'Эй, вы там, в группе! Отсортируйте свои личные дела, выйдя за ворота!'- Теперь Фридман наклоняет голову к Мбеки, кто говорит, любезно.
Его глаза уставились, и он намекает на товарищей, рядом с ним: 'Я, тоже. Тише, мы поговорим, позже.'-

А, в это время суток - после полудня, в общежитии, в комната Мбеки, где он лежит в кровати, возле Флоры, и оба страстно целуются. Здесь лицо Флоры так близко к мочечку его уха, что она шепчет в ушную раковину ему; в то время, как он вводится в состояние балдежа, испытывая её губы, на его части лица. А, физическая близость Мбеки ощущением его мужских достоинств, что доставляли ей удовольствие; и, видно, как на её лице засияла улыбка, разборчива - глаза к глазам, они находятся вблизи.
И, Флора тут вопрошает: "Ты хочешь, чтобы я осталась у тебя сегодня, на ночь? А как же наши, экзамены? Учитывая твоё хотение, я могу вызвать у тебя сильное возбуждение. Честно говоря, мы оба будет практиковаться, занимаясь любовью, и, при этом чувствовать себя в приподнятом настроении, этим вечером! Ты не согласен со мной, Мбеки?"-

А, Мбеки бормочет ей в ухо: "Пожалуйста, останься со мной. Я хочу тебя..."- Он, затем приоткрыл рот наполовину, и, страстно целует её, что за этим - последовало...

Сейчас и тут обычная суббота, вторая половина дня. Солнце не сильно яркое, хотя, светит; учитывая, что это - поздняя осень, да и облачно.

А, в центре города попадает в поле зрения Флора, идущая рядом с Мбеки. Эта пара останавливается, и начинают целоваться там, где люди, проходящие мимо в том районе, уставились со странной особенностью, на них. Где Флора и Мбеки вкушают аромат своих эмоций...

На сей раз, сумерки выходят из-за, обволакивая города сетью облаков: и, здесь наблюдается, как эта парочка идёт, в сторону кинотсатра.

Вступая в вестибюль, где появляются Флора и Мбеки, которые только что вошли, в Фойе кинотеатра. Потом, оплатив за билеты, они сразу входят во-внутрь. Когда они ступают на порог зала театра; где на экране панели явилась картины; и, там достаточно пространства, в помещении.

В ходе просмотра фильма, эта подходящая пара создала собственную атмосферу, во-время сеанса фильма, и, учитывая, что они под-прикрытием темноты, в зале, рядом, сидя на мягких сидениях.

Здесь, в креслах, они стали целоваться; тогда, как шепчутся друг-другу в уши; и, всё - во-время просмотра фильма. Флора чарующе, шепчет: 'Я чувствую себя великолепно, дорогой, и моё единственное желание медленный тик, чтобы быть скреплены, в единое, как верёвкой.'-

А, в это время зритель вторгается в их беседу, он гласит мрачным тоном: 'Тише, вы! Не срывайте нас от просмотра фильма!'-
А, наша парочка смотрят друг-на-друга, улыбаются; и, прикрывая полости рта, от смеха.
Теперь Мбеки, шепчет Флоре на ухо: 'Вот, ах! Прекрасно узнать такое, что ты чувствуешь себя удовлетворённой, и я также, Флёр! Ты останешься со мной сегодня, на ночь?'- Однако. Флорин голос меняется на - сожаление: 'Я не могу сегодня, дорогой. Боюсь, что мои родители могут обезуметь, и раздуть катушку из этого, да, чтобы я спала вне дома? Я получаю взбучку, в установленном месте, от их позора?'-

Потом, Мбеки слегка щекочет её губы своими губами. А, её действия были ответной реакцией - поцелуями в засос.

Сейчас и здесь распложена гостиная комната семьи Уитморов, где слышатся эхо-сигналы их голосов. А, там также попадает в поле зрения группа людей, пару из которые похоже, и есть Флорин отец, Карл; её мать – Вирджиния.

Там, также можно было обозреть пожилую пару: одна из них - бабушка Флоры, миссис Катрин; наконец, что не менее дедушка - Хэмиш Уитмор, который - такого же возраста, как и его жена.

Здесь ещё предстаёт подросток, которому восемнадцать лет, и кто является братом Флоры, это - Джейсон. Они все были также вовлечены, и остро-конфликтовали.

Вскоре видно, как в гостиную входит Флора, чьи отзвуки шагов, были слышны; ещё она носит обувь на высоких каблуках.

Наблюдая тогда, как она занята, снимая пальто; и, вот тут её отец Карл, имеет дело к дочери, хотя он, нервозен: "Флора, ты можешь сказать нам всем здесь, где ты была?"- А, она реагирует так: 'Папа, ты задаёшь мне странный вопрос? Я была в университете, естественно!"- Но, Карл, недоволен: 'Тогда, ещё один факт. Почему ты приходишь домой так поздно? Расскажи, нам?'- Но, Флора - раздражена; и, заявляет с презрением: 'Папа, ты знаешь, что, я - взрослая, и мне за восемнадцать? Я сейчас занята подготовкой курсовых!'-

Но, теперь Вирджиния заговорила, сдержанно: "Флора, милая, твой отец и я - старше тебя, на самом деле, мы тут взрослые! И мы считаем, что все в нашей семья должны встретиться с твоим парнем? Почему ты не приведёшь познакомить его с нами?"- Сейчас все Уитморы переглядываются между собой; и, они выглядят - ошеломленными...

В это время дня суток, наблюдается закат солнца. Флора сидит в своей комнате за письменным столом; склонившись над компьютером, она печатает. Потом, рассматривая курсовую работу, Флора стала сконфужена; и по-сему, она сразу же вышла, быстро вон, из комнаты.

А, между тем, в комнате Джейсона, слышен стук в двери. Он встаёт с кровати, и проворно идёт, открыть её.

Покрутив дверную ручку, он видит на пороге Флору, которая прибыла с умоляющим лицом, и, с нервозной улыбкой: 'Джейсон, у меня возникла проблема с проектом. Ты можешь подсоединиться к интернету для меня, пожалуйста?'-

А, реакция Джейсона такова: "Сестричка, ты что не видишь, я занят? Дай, мне немного времени. Позволь, мне закончить новую игру 'Tomb Raider'!"-

Сейчас обращает внимание на, то, как Джейсон глубоко вникнул в 'Станцию игры', он - полон деятельности, углублённо играя, в эту компьютерную игру.

Немного спустя, закончив то дело, Джейсон переключил канал на обычные телевизионные программы, где, из неоткуда на теле-экране появляется картинка, и слышна музыка, показывая "Мама Африка" трансляцию песни.

Когда же, он попытался переключить теле-канал, кажется, что она разглядывает это устройство; но, используя, недостойные слова, и погорячившись: "Какого, чёрта ты это делаешь? Оставь, этот теле-канал!

'Я хочу посмотреть и послушать эту песню! Когда, песня закончится, и новая картинка предстанет, в объективе на экране!"-

А, этот момент Флора нажала на кнопки управления. Переключая внимание на своего брата, Флора любознательно: "Джейсон, ты знаешь, как называется та программа?"- Его голова тут наклонилась к месту; и, он любопытствует: 'Сестричка, я не знаю. Позволь мне, проверить предыдущий теле-канал?'- А, она тут же, спросила: "И, какое же название, у той песни?"-

Джейсона же реакция тут, вот какая: 'Эта трансляция была на теле-канале, и, называлась "Мама Африка"! Зачем это тебе, нужно? Это - не мой стиль музыки, я предпочитаю Рэп!'-

Флора же в восторге, а, её глаза блестят: 'Мне нравиться, так, как - это и, есть искусство! Ты следил за природой, что показывали, потрясающе! Ты можешь переписать для меня, на кассету, в следующий раз?'-

ГЛАВА 3

Таким путём, прошло не менее двух недель. Однажды на закате дня Флора гнала машину по-южной части главного шоссе.

Во-время пробки на дороге её автомобиль застрял в пробке, по-сему, она остаётся неподвижной.

Но, сейчас её глазам трудно сосредоточиться, непосредственно на других машинах, несущихся, а, они пытаются обогнать её, в то время, как визуальность размыта из-за тумана, пребывавшего на улице, и, где густой, он висит в воздухе.

Хотя она застряла в пробке, и, как бы сложно не казалось ей было, но, Флора на месте, нашла способ двигаться вперёд.

Между тем, Флора звонит со-своего сотового. Мбеки в этом время, сидит в своей комнате общежития, и, был погружён в собственные мысли. Но, когда телефон звонит, он, встаёт лениво, двигаясь с истомой, снимая трубку, он отвечает грудным голосом, в телефон: 'Алло, Флёр, это - ты?' Хотя Флора застряла в пробке, в то время, как, уставилась в окно машины, где видимость размыто; но, она воображает: "Нет здесь никого, за исключением Мбеки и, меня!"-

Первым делом, лишь, Флора пришла в себя, она набирает номер, и разговаривает по-своему мобильному, чарующим голосом:

"Привет, дорогой! Как у тебя, дела?'- А, его голос в телефоне: 'Где, ты сейчас, Флёр?"- А, она на линии телефонной связи, отвечает: "Я в своей машине, и, возвращаюсь, с подготовки по-нормативному искусству маршала. Надо, же такая неудача! Я застряла в пробке. Но, не волнуйся, я буду дома в кротчайший срок, что так всегда бывает, и ждать твоего приезда ко-мне домой. Мбеки, ты не забыл мой домашний адрес? Нет?"- А, Мбеки отвечает: "Нет, я записал правильный адрес в мою записную книжечку. Флора, это - действительно важно для тебя? Ты считаешь, это - хорошая идея, мне прийти, чтобы собраться вместе с твоей семьёй? Если ты думаешь, что это - вежливо? Ну ладно, тогда встретимся позже, Флёр!"-

Вечером того же дня, Мбеки подъезжает, во-время, на такси, и - останавливается у дома, Флоры.

В момент, когда, взгляд Флоры падает на Мбеки, через окно; она - горяча на каблуках, и, бежит навстречу ему. В то время, как Мбеки шагал, пересская лужайку, перед домом, здесь же он, заметил её. Флора и Мбеки между тем, стали обниматься.

Следом, эта парочка вместе, пересекли порог дома Флоры.

Когда же, Флора наряду с Мбеки появляются в семейной гостиной, где предстала группа. Один из них, пожилой человек среднего возраста, или начале пятидесятых; высокого роста; светлые волосы, но смешано, с пробивающейся у него сединой; он голубоглазый, и, одетый консервативно. Тут, вот обнаружена дама, которая показалась в свои поздние сорок лет; длинно-волосам, тёмная брюнетка, а, волосы на голове, закручены в гриву, и она также одета красиво. Здесь также видно подростка - восемнадцати лет от роду; и он совершенно похож внешне на своего отца; с кудрявыми волосами; предположительно - высокого роста. Там, ещё в поле зрения попадает старый мужчина, в возрасте поздние семьдесят; и пожилая дама - такой же возрастной группы, как и он, в свои ранние семьдесят; и пожилая женщина - такой же возрастной группы, как и он, в свои ранние семьдесят лет. Если, понаблюдать за пожилой парой, чьи волосы целиком покрыты, нюансом серебристой седины; так же, как и, у обоих женщин, их гривы закручены на голове; и, эти оба старика одеты нарядно. Видя незнакомцев, Мбеки вытягивает улыбку; и, шагает приветствовать их, пожимая им руки, как положено по-этикету, для всех присутствующих.

Спустя какое-то время после знакомства, вся группа сидела за столом, а, также противоположно друг-к-другу. И, вскоре начался пир. Всё-же, в главное Уитморы разглядывали ново-пришельца.

Хотя атмосфера между их связью, а, также соседство чувствовалась, была напряжённой, на протяжении всего курса за ужином; так было до конца вечера; и, долгое время после. Но, здесь, Карл нарушил молчание, ухмыляясь; он тут решает разобраться, но был циничный:

'Итак, ты приехали сюда из Африки, парень?'- А, Мбеки произносит с гордостью: 'Да, это - так, г-н Уитмор. Я родился и воспитывался в Африке!'- Теперь Карлу любопытно: "Как и, где вы оба познакомились? 'А, ты что тоже, изучаешь медицину?"- Слушая последний вопрос, Мбеки засветился, и, тогда объявил: "Мы встретились в университете, поскольку мы оба учимся на том же факультете. 'Подобно Флёр, я тоже хочу получить высшее образование и, стать адвокатом!"- Но, тут Карл говорит с сарказмом: "Это интересно слышать! Но, вы уже наметили планы на будущее, молодой человек? Что вы собираетесь делать, когда закончите учёбу, в нашей стране?"- Здесь Мбеки реагирует: "Ваша дочь и я, встречаемся довольно долго. И, я хочу воспользоваться возможностью и, попросить ваше согласие, чтобы жениться на вашей дочери?"-
А, Карл поворачивается, перед лицом Флоры; но, он выглядел бледным от шока, его глаза широко раскрыты; обращается к парню, будучи напряжён: 'Если хотите знать, моё мнение: вы оба не только даже не окончили учёбу, но, и не добились Степеней Магистра в универсритете, пока ещё?'- Здесь молчание; и, Карл сразу Карл вновь продлевает: 'По-этому, мама и я считаем, что вы двое торопите события, принимая столь важное решение, и, как - Брак. Разве ты не согласна, Вирджиния?'- Он, затем крутанулся, став перед всеми в комнате: "А, что думают остальные члены семьи? Каков ваш взгляд на эту странную ситуацию, миссис Кэтрин? Каково ваше мнение, сэр, по-этому поводу? И твоё, Джейсон? Эй, все вы, там?"-

Затем, Карл поворачивается к двери, и, в конце, он прилип глазами к экрану телевизора.

А, Мбеки выходит за дверь.

Пребывая в роли критиков, остальные члены семья Уитморов не последовали за Мбеки в вестибюль, чтобы выпроводить его за дверь.

И, сейчас там появляются лишь Флора, и держит Мбеки за руку; в то время, как она, идёт рядом с ним. Можно было наблюдать, как их плечи касались один-другого.

Уже оказавшись в холе, они чувствуют друг-у-друга ауры, считается - магической. Но, перед тем, как уйти, Мбеки перед лицом Флоры, при чём оба стали заглядывать друг-другу в глаза. Следом, переступив за порог, эта пара обнимается, и, последовавший за этим, страстные поцелуи.

Со-временем, после ухода Мбеки, настроение у Уитморов, похоже всё равно, как - 'Кот на раскалённой крыше'.

Беря во-внимание, что Флора первой, нарушает мучительное молчание, выговорив тоном раздражения, и громко: "Мама, папа, что с вами всеми, происходит? 'Почему вы говорили с Мбеки, что было так подло, пытаясь оскорблять его?"- Но, вмешивается Карл: "Я не думаю, что ты Флора в праве, нас осуждать? Это - первое. Во-вторых, мы не просили тебя приводить сюда того, кто оказывается является для тебя больше, чем друг?"- Карл тут вдыхает; и, продлевает: 'Наконец, имей ввиду, мы не проймем его, чтобы он был членом нашей семьи!

'Главное, он тот, кто вероятно может стать твоим будущим мужем?'- Но, тут Флора перебивает его, она утверждала, в порыве вспыльчивости: "Ты ошибаешься, папа и ты тоже, мама! А, так, как я люблю, Мбеки, я хотела бы выйти за него замуж, если он меня об этом, попросит!"- А, Вирджиния спокойным голосом, гласит: "Флора, дорогая, твой отец и я вместе со всеми в этой семье желают тебе только самое лучшее! Кроме того, что Мбеки нам не нравится, мы доверяем своему мнению!"- Вирджиния же, разглядывает по-комнате, ища поддержку; и, делает вдохи. Она затем, продолжает дискуссии: "Этот молодой человек, Мбеки - не самый лучший выбор для тебя! А, те бывшие мужчины, с кем ты была связанна раньше, и, когда, длилось твоё близкое знакомство с экс-бойфрендом..."- Она тут замолкает; затем набирает лёгкие полные кислорода: а, Вирджиния, у которой не нарушается способ выявления её душевного состояния: "Что касается Африканского происхождения Мбеки, то мы все коллективно возрождаем против, что ты выбрала его, с тёмной кожей мужчина, находясь в интимной связи с ним? Вероятно ты рассматриваешь идею иметь с ним детей?"- Следующий на очереди дедушка Флоры, Хэмиш, берёт слово: "Что меня здесь беспокоит, дальнейшая судьба, тщательно обдумывая, с точки зрения здравого смысла. Наш собственный взгляд, тем менее оскорбляет тебя, Флора? По-причине моего тонкого анализа, и насчёт Мбеки, и, более глубже твоей связи? Я, просто размышляю о ситуации, которая очевидна: он использует вас, мои дорогие, чтобы остаться в нашей стране, и воспользоваться нами, для получении вида на жительство!"-

Далее, быструю речь берёт Джейсон: 'Это - как раз то, что я собрался сказать? Мне плевать ровным счётом: он с тёмной кожей, или нет! Но, я согласен с дедом, и думаю, чёрт возьми, что Мбеки ищет способ остаться здесь, сестричка, а, также, получить вид на жительство в нашей стране?'- Но, Флора тут произносит злым тоном, чем подчёркивает свой темперамент против них: 'Вы ошибаетесь! Вы все, тут: и ты тоже Джейсон! Мбеки - хороший человек, и всё, что вы говорили про него - дерьмо! Я же буду делать то, что для моего интереса лучше и удовольствия! А, если вы против моих отношений с ним это - ваша проблема? Что же касается меня, я и далее буду встречаться с Мбеки! А, если вы намерены противиться дальше нашей интимной связи? Я могу переселиться из этого дома, в комнату Мбеки в общежитии, и жить там вместе с ним?'- Но, Карл сейчас расстроился, и повествует, умоляющим тоном: "Не уходи, Флора, пожалуйста! Мы хотим, что лучше для тебя. Поверь нам, ты, совершаешь большую ошибку! Тебе предстоит отличная карьера, впереди? Флора, ты - наша дочь, и мы, любим тебя! Ты будешь сожалеть, что не обдумчиво связалась с Мбеки?"- Но, Флора перебивает его, и - накалена до предела: "Мне, всё равно, что может произойти в будущем? Я счастлива в настоящем! Мама, папа, прошу, примите наши отношения, как есть? Я люблю его, и чувствую себя с ним в экстазе!"-

На сей раз говорит Хэмиш, но, он выглядит сердитый: "Следи за своей речью, девица!"- И, она здесь умоляет: "Разве вы все не мечтаете о моём счастье?"- Однако, Карл имеет сомнения: "Мы хотим!

'Мне жаль тебя, бедное дитя! К сожалению для меня, я должен сказать, что мы не можем действовать соответствии с этим. Сделай либо то, как мы указали, по-нашему! Если, ты по-своему усмотрению, то остаёшься одна в этой связи?"- Но, здесь Вирджиния перебивает его, и советует: "Позволь мне, внушить ей смысл? Прости, моё бедное дитя! Бесполезно, но мы не можем сделать это..."- Карл здесь также перебил, когда стал протестовать: "Нет, я должен ей сообщить! Флора, либо ты делаешь, как было сказано, либо ты остаёшься один-на-один со своей интимной связью! Это твой выбор, и мы не шутим! Но, если ты не подчинишься мне?"-

Но, Карл тут же замолкает; а, затем произносит деспотично: "После сегодняшнего дня, забудь об нашей семье!"- Сейчас Флора глядит на всех с грустью; и тут, заявляет: "Ну, что же, папа, так, как вы предъявили мне ваши требования? В таком случае, я выселяюсь из этого дома!"-

Вечером того же дня, видно Мбеки, который находится в комнате общежития - звонит по-телефону к Флоре, и уже стал говорить в трубку телефона: 'Флёр, как у тебя дела? Ты говоришь грустно, что происходит, там?'- Но, голос здесь у Флоры грустный, в телефоне: "Мбеки, я так слышать твой голос!"- А, он отвечает в трубку телефона: "У тебя, что возникли проблемы с родными, это так? Из-за меня?"- Здесь голос Флоры в телефоне: "Не могу говорить об этом, по-телефону. Ты, не будешь возражать, если я переселюсь к тебе в комнате общежития?"-

А уже на рассвете, как только вещи Флоры, были упакованы. Вскоре, она начала сносить чемоданы вниз, и - в прихожую, тогда, как семье не было известно о её решении; и, до того, как они проснуться; кроме того, она не хочет столкнуться с ними.

Неожиданно, её отец, Карл шагает на пути к прихожей, где он застаёт Флору, как раз, в тот момент. Когда, Карл видит признаки отъезда, он тут подходит в пределах досягаемости к Флоре; даже если его цель, чтобы перекрыть дверной проём, с помощью своих широких плеч и всего телосложение. Флора, в отличии, намеренна уйти; видно, как её голова наклоняется вниз. А, Карл вместо того подразумевает; даже, если он выглядит напряжённым; но, говорит громко: 'Флора, что ты делаешь, поднявшись, так рано? Да, ещё утром, со всеми этими вещами?'- Теперь Флора делает глубокий вдох, уверенностью в себе, и, когда она объявляет, хотя и опускает голову вниз, но, говорит деликатно: "Вчера, после нашего разговора я думала о твоих требованиях, папа! Так вот, я приняла решение выселиться из дома. Я больше не дитя! Ты, что не видишь, и, я хочу принимать свои личные решения, по жизни!
'Это включает и мои отношения с Мбеки, или с любым другим, с кем я хочу иметь интимную связь!'-

Внезапно, послышались находящиеся в паре шагов - вместе с мамой Флоры, Вирджинией рядом её сын, Джейсон, который следует, позади, они заходят в прихожую. Вирджиния одета в ночную рубашку и в халате.

Там же попал в поле зрения Джейсон - в пижаме. Джейсон потирает глаза; похоже, он только проснулся. Тогда, как выражение у Вирджинии изменилось - на резкую бледность; а, трио глянули друг-на-друга и, были сбиты с толку; а также они - потеряли дар речи.

Немного погодя, Флорин отец нарушает безмолвие, делая поворот, и он уже имеет дело к жене. Хотя, Карл предстаёт это - на ладу, но, своим пальцем указывает на входную дверь: 'Ты, что не видишь, Вирджиния? Наша дочь упорна, в своём желании уйти из дома! А, что ты думаешь, об этом? Эй!'-

Но, Вирджиния тут расстроена до слёз: "Флора, дитя моё это - правда? Почему? Что мы сделали не верно, чтобы заслужить такое?"-

Флора же, выглядит огорчённой, и голосом, накалённым до предела: "Я больше не ребёнок! Я хочу тоже делать свой собственный выбор, принимая и быть близка с человеком, который очень много значит для меня, а, не того, кто вам, не нравится! Вчера вы обидели мужчину, который мне безумно нравится. Что печально всего: что вы все противитесь моим отношениям с Мбеки? И, этого я не принимаю!"-

На момент или два, все, как один замолкли; и, глядели друг на друга, но тем не менее, их плечи дрожали. Наконец Карл нарушает молчание, даже если он встревожен, и говорит тут грудным голосом, объявляя: "Ну, что же, Флора, если это то, что ты хочешь? Тогда вперёд, отправляйся! Но, я даю тебе последнее предупреждение: либо приди в себя, и останься дома; или уходи, но не входи в контакт со всеми нами?"-

А, Флора здесь делает глубокий вздох; потом подхватив свои вещи, она идёт к выходу, минуя прихожую, и выходит - за наружные стены.

Позже было видно, как Флора заходит в комнату общежития, и, несёт с собой чемодан, наравне, с лишними вещами.

Вскоре, и, без промедления, Флора поселяется там, разглядывая внутри стандартного размера шкаф. Она сразу же стала разлаживать в совершенно пустую полку шкафа, загружая туда, свои вещи.

Немного спустя, она ищет полки по-всему шкафу, и уже стал разлаживать свои вещи в Мбеки, стандартного размера шкафу.
В конечном счёте Флора закончила с распаковкой.

Затем, она ласково подняла тему с Мбеки: "Я вижу, твоя кровать не адекватна, чтобы на ней отдыхать двоим? И, всё же, это не смущало меня прежде, так почему это должно быть - сейчас, правда?"-
На сей раз она замолкает; её глаза тут искрились с жаром, когда она подразумевает: "Я уверенна, что мы вдвоём, скорее всего поживём в удобстве? Ты разве не согласен, милый?"- А, он сейчас растерян: 'Ух, да!"

ГЛАВА 4

Так прошло не менее десяти дней. А, в кампусе Спортивного Комплекса появилась группа молодёжи, среди которых привлекает внимание, Флора.

Многие из тех, кто сидит в комнате для отдыха, которое делит своё помещение с баром в кампусе, оно также является и частью Спортивного Комплекса.

Там же, на перекладинах лавок попадает в поле зрения группа студентов, разбросанных по всей площадке. Некоторые из них уселись, уставившись, на теле-экран. Это - Трой Витал, Сильвия Рамирэз, и Элиот, знаком, как - Эль. Здесь также видно Флору, находящуюся, среди них. А, Трой тут предстаёт средний-до-высокого роста; он - брюнет, цветом своих волос. А у Джеррада тёмные волосы блондин; и, подобно предыдущему парню, средний-до-высокого роста. Тональность его кожи слегка загоревшая; он выглядит такого же возраста, как и, последние двое - Трой и Флора.

Именно тогда, Трой придвинулся ближе к Флоре, в то время, как там слышен резонанс, что разносится по просторному помещению, и, где он стал заигрывать с ней, будучи по-мальчишески, очарователен: "Привет, очаровательная! Я уверен, что ты пропустила последнюю тренировку? 'Потому, что я не видел тебя, уже довольно долго. Где ты, пропадала? Ты, что была нездоровая, Флора?"- Она же шатает головой, робко: 'Нет, я была занята, работала над заданием по курсу!'- А, Трой глядит на неё, заговорив, очаровывая: 'Нет, ну и дерьмо! А, я за тебя, волновался!'-

А, Флора реагирует: "Тебе не нужно было! Послушай Трой, я тебя не видела на домашней вечеринке, тоже?"- Сейчас Трой, смущён: "Был занят. А, скажи, Флора, ты с кем-то встречаешься, в настоящее время? Так, как мне известно, ты порвала отношения с Унтером, какое-то время назад?"- А, Флора тут выглядит, будто ошеломлена; а, её глаза широко открыты: "Кто рассказал тебе это? Ба, Сильвия?"- На сей раз Трой повернулся, встревожено: "Смотри, Флёр, это - не моё дело, но то, что я слышал о твоём бывшем парне: у него всё ещё есть чувства к тебе? Джеффри, это так его имя?"- Но, Флора качает головой. По-прихоти, Трой продлевает дискуссию: "Так вот, Джеффри вероятно делает то, что он в принципе может завоевать тебя обратно, Флёр?"- А, вот Флоре, похоже, было безразлично: "Сейчас моей целью является стать доктором, и лечить людей, а также детей. Как только я закончу учёбу, мечтаю работе там, где было бы связанно с детьми. Кроме того, я хочу иметь своих собственных детей!"- А, у Троя мальчишеский вид; при всём этом, он - очарователен; когда он сладкими речами: "Ты шутишь? Я люблю детей, тоже! И, не могу дождаться иметь своих! Да нет, не будь ты тихоней, я просто дразню тебя!"-

Противоположно от них находятся: Сильвия, Джеррад и Элиот, заседавшие там. Там же видно, как один из них, встаёт со своего места, и пришёл пересёк через, чтобы услышать их беседу, при чём выглядел несчастным.

Тогда эти трое имеют виду, повернув головы, они смотрят телевизор.

В то же время, в комплекс прибывает мужчина среднего роста, но, мускулистый; он предстал - физически сильный и, способный человек; симпатичной короткой стрижкой; который держит титул: Чёрный Пояс в Каратэ. Его зовут Кайл; он похоже, в возрасте: поздние тридцать, или старше. Он оказывается был тренером для групп, по Каратэ и, самообороне.

Кайл подходит в непосредственной близости к Флоре и Трою, и, подаёт знаки остальным в группе, чтобы они тоже подошли; произнося грубым голосом: "Привет, ребята! Вы готовы к сегодняшней тренировке?"-И, здесь вся группа в унисон, провозглашает: "Да, тренер!"- Сейчас тренер поворачиваясь, становится перед Флоры, и разбирается с ней.

При чём сам с хмурым взглядом: "А, как насчёт вас, молодая Дама? Вы пропустили несколько занятий. Вы, что Флора, были больны?"-

Пока Кайл стоит перед Флорой, видно, что она была сконфужена; но, она отвечает с лживостью: "Нет, тренер! Я была занята моей курсовой работой!"- Она, затем, опускает голову вниз. Люди из этой группы, в отличии, трясли головами и, при всём, делая намёки - большой палец вниз.

Теперь Трой светится в улыбке, говоря грубоватой интонацией, но, будучи ироничный: "Да, ладно тебе, Флора, знаем мы эти экзаменационные! Я - вроде тебя, тоже люблю хорошо проводить время. Только вопрос вот в чём, кто тот счастливчик?"- Но, Кайл перебил Троя, подразумевая для всей группы, и, командным голосом: 'Так, всё хорошо! Хватит уже! Флора, ещё один прогул с курса подготовки, и ты вылетишь отсюда навсегда! Так мы поняли друг друга? Тоже самое, касается и всех вас?'-

Флора наклоняет голову вниз, как бы от стыда. А, Кайл наслаждается; а, затем повествует, подразумевая, и, вновь, доминирующе: "Давайте, ребята, пошли! Нам нужно сделать много упражнений, сегодня. Не тратьте моё время даром, давайте, двигаться!"

За пределами спорт комплекса та группа ходила в спорт зал в университет. Впереди замечены, идущие, Трой, рядом с ним видно Элиота и Джеррада, находившиеся, позади; подобно, следовала за ними.

Замечаются как двое девчат - Флора, вместе с Сильвией Рамирэз идут позади; а, Трой остановился, придерживает двери, что широко-открыты для девушек. Однако теперь брови Сильвии приподнялись, когда Трой, подразумевает: "Что, такое? Разве тебе не нравится, когда я вежливый, Сильвия?"- На сей раз Сильвия светится от радости; и, утверждает: 'Это хорошо, Трой! И я надеюсь, что вы, ребята не изменитесь, даже через десять лет? Если вы сможете, стать лучше?'- Теперь Элиот, примкнул к разговору: "Твои слова прозвучали, будто - обпачканная Рамирэз! Для Русских и Шотландских народов?"- Теперь Флора и, остальные в этой группе, начали смеяться. Сильвия же глядит на него, будучи недовольной: 'Какого, чёрта? Твои разговоры - сущее дерьмо!'-

Но, Сильвия сейчас ушла; и тогда, она наряду с Флёр, борются за место на скамье запасных, в стороне. И, тогда уже они наблюдали за парами, которые боролись, по-средине просторного помещения.

А между тем, Кайл подошёл к этим троим и даёт им знать: когда их очередь должна наступить.

После исчезновения Кайла, среди той группы молодых людей начинается, отличающиеся по-роду, дискуссии. Трой является ведущим динамиком тут: 'Чуваки, поднимите руку, если вы когда-либо, боролись с Лилипутами, или в медицинском термине - Карликовость?'- Теперь Джеррад и Элиот стали смеяться, и положили ладони на полость их рта. А, Элиот стало быть медленно, но, подло, поднял руку, будучи возбуждённым: 'Во-время моих попыток, у меня не было! Но, я желаю, чтобы я мог это сделать!'- Среди тех парней имел место экстремальный смех. Хотя Джеррад ещё забавляясь, вовлекает в шараду: "Эль, ты считаешь, что они будут чувствовать? Так, как у ты высокий, подобно как штафета, своей фигурой? Ты же не захочешь тягаться с гномами? Или иначе - маленькие человечки, так, как они предпочитают, чтобы их так звали?"- Тут Элиот поддерживает: "Да, не волнуйся ты за меня! Я могу дать Карликам, или маленьким человечкам, хороший стриптиз! И, они станут меня звать Ребёнок Судьбы! Ну как, вам это? Эй?'- Остальная часть группы, состоящая из парней, впали в истерический смех. Вскоре, Трой стал говорить, в то время, как смеётся: "Ха-ха-ха! Эль это дерьмо! Пацаны, мы не были разборчивы, пытаясь переспать с любой девкой, по-природе, но, только не с теми бабами, которые носители венерических заболеваний? Пацаны, вы не со мной, в этом деле? А, если нужно быть экспертом в области гинекологии то, единственный способ для меня почаще практиковаться!

'И, это может удовлетворить меня, чтобы быть превосходным врачом?"- А, та здесь группа хором: "Правда!"- Сейчас Трой один, дополняет: "Правда! Даже, если я не пытался бы, а, я абсолютно уверен, что для каждой Банки есть Крышка! А, для каждого мужчины есть медное обручальное колечко! Это всё, что мы можем оплатить сейчас?"- Джеррад тут улыбнулся, и, с иронией судьбы: "Некоторые ребята падают на те типы плановых свадеб, при скольжении в цветы. Знаете ли вы: в мире существуют более тридцати пяти особей породы цветов, что на заказ, и дополняющие вещи тоже. Можете ли вы, представить себе, особи цветов? Существует цветок, что определён, как Запылённый Миллер!"-

А, Элиот выглядит, что как бы удивлён этим: "Не гони, дерьмо! Ба? Вот почему, ты назвал Сильвию запачканная Рамирэз? Знаешь, кто, ты - ублюдок, Джеррад?"- Здесь все замолкли. Следующий гласит Трой; но, он был серьёзным: 'Это дерьмо, братец! Говоря о цветах: поглядите-ка, на Флёр?'- А, Трой хмурит брови вверх, и, указывает на Флору: 'И я предполагаю, она надеется на алмаз?'-

А, молодые люди дают ответ вместе: "Ха-Ха-Ха! Почему, ты не посмотришь на других девушек?"- Трой настойчив: "Женщины похожи на выставку! Они по-своей природе, любят преувеличивать, чем есть на самом деле. Женщины, также, много болтают - это типично для них! Со-своей стороны, я всё же не доволен, так, как я предпочитаю ебать великолепных девок! А, потом думать о последствиях!'- Здесь он склоняет голову к Флоре; а, его брови вверх, с усмешкой. Но, тут Джеррад врывается:

'Трой, ты не острожен с бабами, вместо того, всё для тебя - случайные связи с девками?'- Трой же даёт ответ, с уверенностью: "Да уж, вместо того, чтобы. Сейчас меня привлекает Флора! А, вы, пацаны, не вздумайте предупреждать меня какое-то время? У меня желание получать удовольствие! И, я выбираю Флёр!"-

А, Элиот тут глядит на него, при чём, дёргаясь взад и вперёд: "Кстати, Флора теперь встречается с Мбеки. Ты, разве не в курсе дела?'-

Вдруг, внешность Троя, драматически сменилась - на хмурое: "Нет, да, не гони ты, дерьмо! Вот, чёрт!"-

И, Кайл внезапно Кайл по-линии атакует, когда он просвещает их: "Пацаны, вы что, ещё достаточно, не наговорились? Давайте, тренироваться. Двигайтесь! Станьте в пары, чтобы бороться!"-

Там, также видны прохожие, и несколько пар, выполняющие по-ходу стиль самообороны, на практике - по-средине помещения.

ГЛАВА 5

Так прошлоо ещё две недели. А, сейчас, на дневной сессии, взгляд падает на Флёр - в зале лекций, которая пишет в тетрадке, и она сидела там же, где и Мбеки, который делает, тоже, что и она - углублённо концентрируясь, на написание курсовых.

Вдруг слышатся эхо-сигналы, где во-время разбирательства Фридман проводил лекцию для Магистратов. Учитывая тот факт, что он потребовал от группы людей с Медицинского курса, выполняли экзаменационные листы, но, каждый из них, озабоченно и, надрывался на своём внимании.

Там ещё есть группа Магистратов: каждый в рамках своих глубоких мыслей об экзаменах - неподвижны. Среди студентов, видны в аудитории, по-среди зала, Мбеки, который сидит на стороне, где лавка Флоры - отвечая на вопросы экзаменов.

В стороне от этой группы по-среди зала заседает Фридман, кто осматривает вокруг, с ожиданием, чтобы студенты остановились писать. Видно, как следом Фридман снимает очки для чтения; протирает линзы, и, тем самым с принципом, из-за возникшей тишины, приказывает студентам: "Поторопитесь, и, ускорьте писать ваши экзаменационные!"-

Немного спустя, подходит конец семинара, и - экзаменам; и, тут звонит звонок. Во-время того, как слышится звонок, об окончании, Фридман повернулся лицом к семинаристам, и, зачитывает, монотонно:

“Слушайте все, у вас было достаточно времени закончить ваши тезисы. А, сейчас ваше время, истекло!”-

Сейчас и здесь, внимание привлекает Трой, закончивший письменный тест первым; а, следом, последовали, остальные три его товарища.
Мбеки также, заполнил вопросы экзаменов, внимательно. Видно, как Флора тоже сдаёт свою экзаменационную, на протяжении времени, отдельно от всех, и она была крайняя?

Вскоре, Мбеки вышел оттуда, и уже в фойе, следует за ним Флора, которая разговорила с ним; по-всему видно, что его что-то тревожит?

Внезапно, группа ребят подходят вперёд к этой паре, окружая их, среди которых были заметны: Трой, Джеррад, и Элиот. И, тогда Трой имеет дело к Мбеки, при чём склоняя свою голову к Флоре, и разговаривая, будучи циничным: 'Так вот девчонки и мальчишки! Мы слышали, что вы двое встречаетесь? Это правда, Мбеки?'- Услышав такое брови Мбеки, приподнялись: 'Это - так, Трой. Флора - моя девушка! И, ещё одно личное дело - я ищу работу дневную смену, чтобы втиснуть между учёбой! Мне не хватает наличных, мужик?'- Трой берёт паузу; а, затем, он начал говорить с издёвкой: “Тогда, почему бы тебе, не зацепится на ночных сменах, поднимая и тащить мешки, или же, охранником в ночном клубе? У Флоры есть там, связи! Не правда ли?”- Тут он подмигивает. Но, Флора перебивает его, и, тем самым, вмешивается, в мужскую недомолвку, имея ввиду: “Трой, Мбеки великолепен. Он - остроумен, учёный.

'И, он заслужил иметь приличную работу! Нам обоим нужно это!"- Но, Трой вне себя: "Ладно! Успокойся, Флора! Ты знакома с этим парнем, как долго? Давай скажем, несколько месяцев?'- Он, поднимает руку, и тычет пальцем на Мбеки. Теперь Трой, обвиняюще: "Эй, ты Мбеки! Что ты чувствуешь, к Флоре?"- На сей раз, Мбеки усмехается, подмигивая ей; и произносит с акцентом: "А, что с Флорой? Она умная девчонка и, прекрасная подруга. Да, мы просто подходящая пара!"- Тут Трой, будучи саркастичный: "Правда? Тогда ты ещё не встречался с бывшим парнем Флоры - Джеффри?"- Он глядит на реакцию Мбеки, и, неловко шатает головой. Здесь Трой рассказывает ещё: "Я тоже так думаю; в тебе много таинственного? Короче говоря, многие из нас тут друзья между собой, за исключением тебя, Мбеки - не живущего, на противоположной улице? Потому, что ты нелегал у нас в стране!"- Слушая, как Трой зовёт его так, группа ребят начали смеяться. Флора же, шатает головой, и, возвращается с ответом, при чём выглядит радостной, говоря позитивно, и, с уколом: "У вас, всех великолепное чувство юмора? Так, что Трой, ты уже становишься конкурентно-способным? Правда, пацаны?"- А, Трой циниченен: "Конечно, мы да? Но, мы знаем, как применить то также и на практике? Не так ли, пацаны?"- Он поглядывает на группу, когда там каждый давал по-кивку. Но, она разгорячилась, а, её щёки изменились - порозовев: "Да, разве вы не хитрожёпые? Почему бы вам, не прикусить языки, Трой?"-

А, Трой повернулся к Мбеки, имея ввиду, говоря оскорбительным тоном; в то время, как он выражением медленно, и, лексикой:

"Мбеки, ты прибыл сюда не так давно, из ниоткуда? А, уже собрал лучший урожай с этого курса! Так, ты зациклился на Флоре, значит?"-

Но, она, тоже даёт ответ: "Трой! Это - не твоего ума дело, с кем я встречаюсь? Кроме того, я - не посев, а ты безусловно - не комбайн для сбора урожая! Трой, вы все забываете, что я делаю выбор сама. А, вы занимайтесь своим личными делами?"-

Можно наблюдать, как те, в группе переминаются с ноги-на-ногу, в то время, как они предстали: накалены до предела; и, застигнутые - в врасплох.

Вдруг, из ни откуда, приблизился сзади, Фридман, который берёт участие, когда вникает между группами, кто похоже был на взводе. И, Фридман тут обращается с плохим чувством юмора, и, с вопросами, к этой группе: "Господа, простите меня, ваши сборы тут идут нормально?"-

Но те, в группе напротив, предстали, притворившись спокойными. И тут последовали ответные действия, при чём, Трой сохранял выдержку;

хотя, на слух улавливалось, что он - красно-язычный: "Профессор, приятно видеть вашу озабоченность о нас. Но, мы тут взрослые, а, поскольку диспуты между нами далеки от вашей тематики. Учитывая ещё и, то, что наш разговор, приватный. Правда?"- Крутанувшись, он тут же, обращается к остальным членам группы; они же, реагируют кланяясь головой, в ответ, как будто бы согласны. Сейчас Фридман гласит: "Это - парадокс, мистер Витал, если вы думаете, что мне неизвестны жизненные события? В таком случае вы, ошибаетесь!"- На сей раз все неловко, заткнулись.

А, Трой вдруг, превратился в крутого: "Абсолютно нет, профессор! Я не посмею? Но, у нас есть своя теория…"- Хотя, его прерывает Фридман, который - крутой, но, с острым уклоном: "Вы - хитрожёпый, мистер Витал?"- Затем, Фридман крутится, и, указывает пальцем на обоих: Флору и Мбеки; и, следом обращается к ним, непосредственно: "Что касается вас, мистер Менринга, и вас мисс Уитмор мне нужно, чтобы вы, следовали за мной? У нас есть тема, которую нам надо обсудить? Господа, я приношу свои извинения. Ну, что, пошли в кабинет, вы двое?"-

Когда Профессор заходит в аудиторию, по-стилю класс, за ним следуют позади: Флора и Мбеки, державшие друг друга за руки.

Всё же, Фридман подходит к углу стола, и садиться на плоскость его поверхности. Он тут же, поднимает голову, и таким путём двигает вверх бровями, а, Фридман сразу обращается к тем двоим: "А, знаете, что, умное молодое поколение, я ведь работал врачом-психологом, многие годы, по-сему смотрю по-логике. Мне пришлось встретиться с парами, и, что, выходило на свет главным камнем преткновения между ними это доверие!"- Теперь вмешивается Мбеки: 'Профессор, знаете что, я должен признаться, я поражаюсь, но, вы - правы!'- Однако, Фридман настаивает: "Тем самым, если пары находят то самое доверие друг-к-другу, их любовь может заполняет обоих удовольствиями!"-

А глаза у Флоры загорелись, когда она говорит радостно: "Профессор, кажется, вы попали точку! Мы нашли любовь и, доверие, разве это - не так, Мбеки?'-

Но, Мбеки растерялся: 'Что ты говорила? Ах, да, это - так!'-

А, Фридман здесь, вглядывается в глаза Мбеки, шатает головой; и, тут он переходит к Флоре, подразумевая: "Ну ладно, молодёжь, а, сейчас давайте поговорим о ваших экзаменах, но, только раздельно, добро? Вы, не возражаете, г-н Менринга, если я обсужу первым делом, с Флорой?"-

Он вежлив, но недоволен: 'Да конечно, профессор. Пока!"-

А, Фридман вежливо, произносит: "До свидания, г-н Менринга, и, до встречи, немного, позже!'-

ГЛАВА 6

Таким путём, прошло несколько месяцев. сжатый воздух на улицах Нью-Хейвена. На внешней поверхности лежит покрывая снегом, сушу, недалеко от общежития. Хотя это дневное время суток, но, наверху, в небе появляется облачность.

А, уже в комнате наблюдается, как Мбеки тянется за подарками, которые Флора за последние несколько минут, передала ему. А, он в ответ гласит, с радостью: "Эй, Флора, спасибо огромное за подарки! У меня никогда не было таких, прежде!"- А, она тут ошеломлена: "Ах, подарки, да это к предстоящему Рождеству! Эй, Мбеки, ты ведь шутишь, насчёт подарков?'- Теперь Мбеки произносит грудным голосом: "Во-все, нет! В Африке мы по-настоящему бедны, и существуем, не получая экстравагантных подарков. И, не смотри на меня так, это - факт!"- Флора, тогда произносит; по она, озадачена: 'Ты - шутишь? Это - что, правда?"

Немного позже: эта парочка всё ещё сидит в комнате у Мбеки, что является типичная комнатой из Ада у студентов общежития. В тот момент заметны на дисплее плакаты, висящие на стене; с невероятной долей путаницы джонки. А, книжная полка полна, имея в наличии литературную тематику, журналы и много других вещей. Там ещё видно кости слонов, или традиционные украшения из слоновой кости, и, полученные другие товары, наружно представлены, как типично Африканские основные сувениры, которые находятся там для обозрения. А, в давние времена, поведали о заслуженных народных мифах.

Там же, внимание обращают на себя дополнительные вещи, удачно расположенные на дисплее: дешёвая бижутерия; а, к ножке зеркала, прикреплена косметика, к поверхности стены; с многими предметами, которые были здесь, собственностью Флоры.

Вслед за тем, обращают на себя внимание Мбеки и Флора, целующиеся в засос.

Немного спустя, когда они были наедине, их интимность возросла, так, как Мбеки и Флора чувствуют влечение, которое разделяли оба, и они вовлечены. Одновременно, как, только Мбеки целует её в щёку, посредством Флора в зависимости, и сдаётся под страстным поцелуем, который перерастает - в занятии любовью...

Позже, он целует её в щеку, от чего она покоряется ему, при чём, так как она - под влиянием страстных поцелуев, Мбеки...

ГЛАВА 7

В один из тех дней, Мбеки находясь в комнате общежития, читает книгу. Потом, вдруг он слышит стуки в дверь. Он тут же, лениво поднимается с места, направляясь к двери, чтобы крутануть дверную ручку. На сей раз, Мбеки покрутил дверную ручку замка, и, двери открылись. А, на пороге вдруг, очутились как бы два незнакомца. Когда те увидели Мбеки, один из тех посетителей со строгим глазом, тут же имеет к нему дело: "Простите, пожалуйста, мы ищем мистера Менринга?"- Но, Мбеки теперь сконфужен; реагируя, глубоким голосом: "Это - я. Чем могу вам, служить?"-

А, в это самое время, в кухне Флора готовит ланч, в коммунальной кухне. Там, также замечена женщина среднего возраста, которая приблизилась к Флоре, она, кто, оказалась была менеджером общежития.

Подойдя в непосредственной близости к Флоре, она, тут же начинает расспрашивать её, с мрачным взглядом: "Флора, дорогая ты, и Мбеки, не платили мне рент, за этот месяц. И, когда вы собираетесь, платить?"- Лицо у Флоры изменилось, так, как она выглядит вся на нервах: "Миссис Роше, вы же знаете, что у Мбеки не может найти приличную работы? Наверх проблем, мы заняты - практикуясь, к сдаче финальных экзаменов! Но, клянусь, что когда у нас появятся деньги, я персонально оплачу вам."- А, Роше шатает головой; усмехаясь:

"Флора, дорогая, вы оба можете звать меня Лаура. Я знаю, что вы двое заняты, раскачиваясь, и, занимаясь ни чем иным, как сексом?"- Слушая такое откровение, Флора застывает на месте; дальше следует обмен словами. На сей раз, Флора выглядит смущённой, при этом, ропотной бормочет: "Госпожа Роше, я не вникаю, в суть вашего вопроса?"- А, Роше шатает головой: "Флора, я всегда готова, но, что вы двое набираетесь? Как часто, вы занимаетесь любовью? Или, иначе, имеете секс? Просто ответь мне, интуитивно?"- На сей раз Флора уставилась на Роше, всё ещё, неловко, застынув на месте; и, она реагирует, огрызаясь в ответ: "Ладно вам, я чувствую себя неловко, миссис Роше? Я никак не могу внять, какое это имеет отношение к тому, чему вы меня, просвещаете здесь?"- Однако у Роше, озабоченный взгляд: "Тут много чего имеет отношение к вашему будущему! Так, как я должна буду оценивать, почему двое наиболее талантливые студенты, и ваши, знания теперь уже стали вовсе не достоверны? Практически вы худшие магистраты? И, не забывайте, я была советником по этим делам, когда-то давно?"- Но, Флора была саркастичной: "Очевидно, удовлетворена! Часто круглосуточно, а, если мы не заняты учёбой, даже без перерывов, по всем вещам, согласно 'Кама сутры'. Порой даже, не по-обедав, без остановок, на протяжении всей ночи. Ну так, как разберёмся?"- Сейчас Роше, усмехнулась: "Флора, это впечатляет! Но, не забывай, любовь может поставить вас на вершину мира, или же уничтожить вас, во-всей полноте! И, ты можшь забыть, что такое реальность, а, для вас двоих в центре внимания сейчас на чём?"-

Теперь у Флоры был злой огонёк в глазах, а, лицо превращается с розовым нюансом. А, на поверхности её кожи, что можно было сравнить с непослушным ребёнком, так как эта девушка отвечает, огрызалась, и, всё же, она объясняет робко, при этом выглядела, растерянно: "Миссис Роше, прошу вас, не смущайте меня? У нас с Мбеки сейчас, сложная финансовая ситуация. Мы вам оплатим за комнату, я обещаю, Лаура!"- На сей раз, у Роше была хитрая улыбка: "Когда, это может произойти, Флора, дорогая? Вах..."- Похоже, что Флора была напряжена; но, уверенна: "Дайте нам время, Миссис Роше, пожалуйста?"- Как, вдруг, Роше изменилась, став серьёзной: "Ладно! Я могу подождать. Сейчас давай поменяем тему разговора. У вас - посетители, прибывшие к вам в комнату, и спрашивали о Мбеки..."- А, Флора перебивает её; и, выглядит, в недоумении: "Вы уверенны, миссис Роше? Вы знаете, кто они такие?"-
А, Роше кланяется головой: "Да, но, я только слышала, что они спрашивали про Мбеки. Эти двое мужчин, уже вошли в..."-

Обратно в комнату, где второй посетитель странно смотрит на Мбеки, и, объявляет: "Мой коллега и я, работаем по делам эмиграции. А, вам мистер Менринга наверно, известно, что ваша виза заканчивается на следующей неделе?"- Тут лицо Мбеки поменялось, на бледность: "Если по-правде говорить, я даже не думал об этом. Я надеялся, что так как я обучаюсь в университете этой страны, я мог бы получить..."- Но, Мбеки перебивает один из двух посетителей, который саркастичен: "Ах так, я понимаю. Но, вы хотя бы рассматривали возможность прийти к нам ?

'Чтобы обсудить по-поводу ваших планов на будущее, с нашим департаментом, г-н Меринга?"

В тот момент, в дверях появляется Флора; уставившись широко- открытыми глазами, взгляд у неё был капризно-вопросителен к Мбеки: "Мбеки, что здесь происходит? Кто эти люди?"- А, Мбеки - нервозен, произнося глубоким голосом: 'Тут находятся люди из Департамента Эмиграции!'- Теперь второй посетитель повернулся, чтобы глянуть на неё, заговаривая: "Здравствуйте! Меня зовут Джо Мэнсон. Могу я узнать, кто вы? Что вы делаете, в комнате мистера Менринга?"-

На сей раз она выглядит, на взводе: "Меня зовут Флора. Я - невеста, г-на Менринга. Мы должны пожениться скоро!"-

Сейчас посетители обменялись взглядами. И тут первый гость сделал контакт глазами: "Оно не поможет положительно расположении к нему."-

Обернувшись, он указывает на Мбеки: "Как согласованно мистер Менринга и вы, должны прийти на запланированное время, чтобы встретится с нашими официальными представителями?"-

В это время он обращается к Флоре; а, на его лице можно уловить, светившуюся улыбку: "Вы даже можете прийти вместе, если желаете, мисс Уитмор?"- Флора здесь реагирует, со-смелостью: "Уж поверьте мне я сделаю это!"

ГЛАВА 8

На сей раз наблюдалось передвижение облаков на небе. На улицах же, поверхность почвы – под массивным снегопадом.

Сейчас падает в поле зрения Флора, держащая руку Мбеки, когда они подходили тяжёлым дверям, на чьей поверхности макогоны нюанс, что покрыто в лакированный цвет. Видно, как взгляд парочки, обращён вверх на наклейку двери: где - Почётный Судья Р. Гиббсон.

Перед тем, как войти в офис, Флора и Мбеки смотрят друг-на-друга; приняв глубокий вздох, они постучались в дверь.

Рекрут, среди прочих сотрудников право–охранительных органов широко открыл тяжёлую дверь для этой пары, тем самым, пригласив их войти через внутрь. Это - Судья Гиббсон, что смотрит сквозь свои очки, и тут же читает; затем он приклоняет голову, и, одноразовы обращается к обоим, монотонным голосом: "Итак, молодые люди, вы решили поженится? Это - так?"-До того, как ответить, щёки у Флоры поменялись на розовый; тогда она говорит ясно: "Да, ваша Светлость!"-

И, Мбеки повторяет, подобно ей: "Да, ваша Светлость!"- Но, тут Судья гласит: "А, у вас молодая девица, имеется разрешений вашей семьи? Так, что я вижу, никто не присутствует из семьи Уитморов здесь для столь значительного торжества, я неправ?"- Однако, Флора вся на нервах:

'Да, ваша Светлость! Я - взрослая, и мой переходный возраст уже миновал, как вы понимаете. Так вот, моё решение заключается в том, чтобы просто построить свою собственную судьбу. Это - разве не правда, сэр?'- Сейчас Судья скептичен: "Вы правы, выходить замуж это самое значительное торжество в жизни любого человека. Ну, а присутствие ваших родителей имеет фундаментальное значение! А, ещё присутствие свидетелей со стороны обоих: жениха и невесты, также весьма значительно!"- Но, Флора здесь разгорячилась: "Нерадостно, но, в моём случае зло невозможно. Моя семья отказалась принять наши отношения..."- Давая знак к Мбеки; она, здесь, без конца и края рассказывает историю их любви...

Главным образом, она заявляет Судье: "И, по-этой самой причине, Мбеки и я решили пожениться, без присутствия моей семьи на свадебной церемонии. 'Учитывая этот факт, Ваша Светлость, пожалуйста, давайте проведём необходимые формальности, и…"-

Вечером того же дня, вдруг из-под тумана автомобиль выезжает на поверхность, а, капот его запорошен, сверху снегом.

Машина останавливается возле клуба. Это оказалась, была модель машины Флоры, серебристо-лакированного цвета, седан. А, в салоне автомобиля заметны, сидевшие кроме Флоры и Мбеки, ещё одна молодая парочка.

Когда зажигание было выключено, эти четверо стали покидать машину; тогда, как, внешний вид Флоры и Мбеки - в центре внимания к удивлению группы: а взгляд падает на их причёски и наряды, что тщательно подобранны для особого торжества, которые украшают их гордые осанки, при этом они выглядят, потрясающе.

Эти четверо отошли от машины, при чём, причёска и, одежда Флоры, скроена специально для торжеств; а, внешний вид Мбеки - элегантный; и, оба носили одежду согласно моды - великолепно; так, как гордая походка пары, и их внешний вид - модный стиль.

Потом, четверо останавливаются недалеко от входа в Клуб, где изнутри есть изобилие шума, и, слышатся эхо, в сочетании, с шумом игравшей там, музыки.

Когда двери электронной системе раздвинулись для тех четверых, и, они тут же, сразу, входят в Клуб. Как раз в тот момент, Флора и Мбеки держатся за руки, и, проходят мимо вышибал.

А, в уже интерьере клуба попадают в поле зрения мерцающие и завлекающие иллюминации, которые вспыхивали вокруг помещения. Там слышна музыка с душераздирающим звуком, на полную мощность; видно, как те люди персполненных удовольствия, от предстоящей встречи и празднования Нового Года.

Один из тех четырёх, опережает Флору и Мбеки, эти двое идут на пол-вытянутой руки позади; и он, уже входит в холл.
Две парочки, проходят мимо этих огромных толп, не считая тех из провинций, появившихся в клубе, большинство из них женатые пары, или же - в интимной связи.

Неожиданно кто-то среди знакомых дам стал приветствовать Флору, при чём обнимая, и, посылая воздушные поцелуи.

Но, всё же, у некоторых из них было странное выражение лица, в отношении их спутницы, которая держала руку вверх. Но, Флора не придала значение; и, всё-таки, она светилась радостью, главное - она вышла замуж за Мбеки, после всего.

И, в эту великолепную ночь, они оба прибыли сюда не только, чтобы встретить Новый Год, а ещё для того, чтобы отметить их свадебную церемонию: вах, а Мбеки и её празднование ритуала их брака-сочетания.

По-прихоти, Флора веселится наряду с её мужем, Мбеки, они - великолепная женатая пара.

Как раз перед входом в зал для приёмов, другая молодая парочка окликнула Флору, а, она обернулась, и стала улыбаться, на месте.

Потом, к ней подошла ближе новая молодая парочка. Сейчас, при всех у Флоры широкая улыбка, и, она с гордостью указывает на Мбеки: "Привет, Бетти! И, тебе привет тоже, Фрэнк!"- Она же оборачивается, став перед лицом Мбеки, берёт его за руку, и объявляет им: "Я хочу вам представить моего мужа, Мбеки!"-

Бетти же, глядит на Фрэнка, но, у обоих атипичный взгляд: "Эй, Флора! Добро пожаловать в клуб!"- На сей раз, Бстти и Фрэнк остановились, поглядели на Мбеки.

И тут, на месте стали обращать своё внимание на него; но, тут Бетти заявила: 'Простите, как вас зовут? Флор, ты как говорила, его имя?'- А, реакция Мбеки такова: "Так, как ваши дела? Приятно с вами познакомиться, также!"-

Он сейчас старается пожать руку Бетти, которая протягивает руку, но - жмёт ему руку половиной своих пальцев. Брови у Бетти и Фрэнка, приподнялись от атипичного взгляда на Мбеки. В тот же миг, Бетти гласит, с неприязнью к нему; но, Фрэнк - молчалив: 'Эй, как ты поживаешь? Если вы, не возражаете, сэр, мы бы хотели поговорить с Флорой, те-те-те?'- Она тут же поворачивается, назад, лицом к Флоре.

Когда Мбеки отходит, Бетти начала высказывать то, что у неё на уме Флоре, и, со строгим взглядом: "Флора, а, что твоя семья подумала о таком замужества твоём?"- Флора же уставилась на неё, отвечая, грубо: "Из того, что я вижу ты - одинаково рассуждаешь, как и моя семья, они против этого тоже? Ты также, хочешь меня критиковать?'- Теперь Фрэнк ухмыляется; и здесь, как бы было равновесие: "Я лично, ничего не имею против этого парня, Мбеки, я так считаю?"- Сейчас Флора качает головой, он: "Это - твоя жизнь, Флёр, и можешь жить, и увидеть, как всё образуется, дальше?"- Теперь Бетти перебила их сплетни, и, в том же духе - выразила своё мнение, с неприязнью: "Послушай, Флора, мы уважаем твоё решение. Но, в случае, если, что-то пойдёт, не так? Ты всегда можешь подать на развод. Мой брат, Джеффри - юрист! Он может помочь, если тебе, понадобиться?"-

На сей раз, Флора разгорячилась: 'Бетти, мы с ним только что поженились, а, ты уже говоришь о разводе? Почему вы оба не можете порадоваться за меня, хоть раз? Я люблю Мбеки!'- Но, Бетти и Фрэнк стали шатать головами. Вдруг, Флора стала торопиться: "Надо бежать, ребята! С Новым Годом, вас всех!"- Тут, на месте, Бетти - дипломатична: "Знаешь Флора, мой брат всегда больше, чем заботился о тебе, это..."- На сей раз Бетти замолкает, как бы прикусив язык, нервно улыбаясь: "Чао, Флора! С Новым Годом, и удачи тебе!"-

Все вокруг в клубе, смеются, и предстают, пребывая весёлыми. Пока она разыскивает Мбеки, проходя сквозь, такую массивную толпу общественности. И на сей раз Флора крутанулась, чтобы обозреть Рождественскую ёлку, закреплённую, на специальной подставке, посреди зала.

Когда она, наконец нашла Мбеки, они прильнули, страстно целуясь.

На рассвете, Флора просыпается в номере гостиницы, а, рядом с ней кровать ансамбль для медового месяца, простирается Мбеки. Сейчас он её законный муж. В этот момент времени - Мбеки спит.

А, Флора, между тем, начинает вспоминать, что произошло день до этого... Но у Флоры же скачут мысли, когда она воспоминает: "Никто из моей семьи не только не появился на нашей свадебной церемонии?

'Но, они ещё и не пришли, чтобы поздравить нас обоих? Или крайней мере, поговорить со мной, с момента, как я отсутствовала?"- Всё же, Флора приходит к выводу: "Несмотря на все преграды, я чувствую себя счастливой. Это – начало новой жизни для меня и Мбеки, как мужа и жены!"- Так она продолжает мысль…

В этот миг, удивительно, импозантный вид: бутылка шампанского наряду с двумя рюмками, находились вблизи под-рукой, на ночном столике.

Наконец, Мбеки поднялся, и залезает на неё, где в тесной близости, он обнимает, при щекотке её губы; и, продвинулся, зациклившись на её шее; и перемещается ниже, посыпая множеством поцелуев; а, последовало. Теперь Мбеки растягивает мышцы своих суставов, чтобы принять расслабляющую и удобную позицию, и делая остановки, на ходу.

Со временем, тогда, как Мбеки складывает обе свои руки, он задевает бутылку шампанского, своим плечом. А, Флора наблюдает, как бутылка от падения вниз, вдруг ударяется об землю, оно пронизано светло-жёлтым нюансом, при том искрится, под светящимся солнцем; таким путём проходит насквозь, жидкость отражается через зеркало; когда падает на поверхность, и, разливается повсюду. Но, она говорит любезно: 'Хм!'-

Мбеки перемещается ближе к Флоре - глаза к глазам: "Не переживай насчёт шампанского! Я был прав, выбрав именно тебя среди прочих, тогда, в коридоре университета."- И тут она чарующе, бормочет: "Ух, ты! Ох, мой дорогой муж, поверь, это - я счастливица!

'И, я чувствую себя, на вершине мира. Потому, что, прошлой ночью было чрезмерное удовлетворение для меня, всё отлично...”-

В этом месте, сейчас всходит Заря. А, в другом районе, наблюдается в кабинете по-эмиграционным делам, тот самый мужчина, Джо, заседает в бюро за круглым столом.
В офисе заметны стулья, компьютер наряду с оборудованием, которые требуются в таких учреждениях.

Потом, было слышно, как кто-то стучится в дверь; Джо, тогда он лениво поднимается с места, и идёт открыть их.
Там внимание привлекает дверная ручка; а, там, за стеной были слышны чьи-то голоса. Когда Джо открывает двери; а, на пороге появились Мбеки и рядом Флора, которые держатся рука об руку. Видно, как они заходят вместе, в офис. Джо улыбается, а, его рука вытягивается, чтобы пожать руку Мбеки: “Доброе утро, мистер Менринга! Приятно вас видеть. Вы пришли во-время! Я вижу, что вы привели с собой за компанию и, свою девушку?”-
Здесь Флора присоединяется к беседе, будучи напряжена, но, горда: “Доброе утро, Г-н Мэнсон! Я, миссис Менринга, если вы не возражаете, это - моя фамилия! Мбеки и я поженились несколько дней назад!”- Джо в свою очередь, ухмыляется, присматриваясь к посторонним: “Ну, что же, поздравляю вас обоих!”-

Однако, Мбеки на весь на нервах, а, его глаза широко раскрыты: "Какие новости у вас есть, для меня?"- Но, Джо поворачивается лицом к Флоре, смотрит на неё; и он делает глубокий вздох. Джо, тут опускает голову вниз, и начинает читать бумаги. Потом он продлевает, имея дело к Мбеки: "Г-н Менринга, боюсь, что ваша студенческая виза просочилась! Даже, если, вы и были женаты на гражданах этой страны, вы должны дать нам вескую причину, чтобы ваше ходатайство могло быть успешным. Во-первых, у вас есть стабильная средство от прибыли, чтобы содержать самого себя и супругу?"- Хотя Мбеки потрусил мышцами, но промолвив грудным голосом: 'Я до сих пор, ещё не смог найти стабильную работу? Мне нужно ещё немного времени, прежде, чем я получу Бары в Юстиции, и, буду работать в качестве юриста.'- Здесь видно, как плечи Джо трепещут: "Во-вторых, у тебя есть активы, где вы являетесь владельцем, или хотите оплачивать за?"- А Мбеки тут растерян, и сказал, неловко: "Моя жена и я ищем место, где можно поселиться; и, со-временем мы может быть..."-
Здесь Джо крутанулся; в то время, как сразу же обращается к Флоре: "А, как насчёт вас, молодая дама? Вы владеете активами, недвижимостью? Готовы ли вы быть спонсором вашего мужа? Или, кто-то из членов вашей семьи, может стать залогом будущего для вашего мужа, с тем, чтобы обеспечить г-н Менринга, средствами?"- Но, здесь Флора склоняет голову вниз, с сожалением: "К сожалению для нас, они не могут. Моя семья скорее всего: ни только не примут наших отношений, но, не были бы и нашими спонсорами!

'Они унизили наш брак, даже отказались помочь нам финансово!"- Джо в этот миг глядит им в глаза, один-за-одним, объявляя: "Я ничего не могу сделать для вас обоих. К сожалению, и, в соответствии с государственным законом, вы г-н Менринга - нелегальный эмигрант в этой стране, чей срок визы истёк! Итак, решено: вы должны уехать, без задержек. В случае, вашего отказа, вас депортируют, или будете посажены в тюрьму!"

ГЛАВА 9

Прошло не менее двух недель. Сейчас, здесь вторая половина дня; вдруг, блестяще-серебристый седан, что останавливается на улице, вблизи дома родителей Флоры.

Она вышла из автомобиля, где Мбеки также сидит в салоне, и уже готов отъсхать. Сидя, в машине, Мбеки опускает голову вниз: "Флора, мне нужно подъехать машиной в одно место?"-

Флора же обращает свой взгляд близко, к оконному стеклу автомобиля. Вставив голову сквозь, она глядит ему в глаза: 'Мбеки, ты мог бы меня подобрать?'- А, Мбеки здесь цепляется за руль, и - включает зажигание. И он, гласит полу-шёпотом: "Нет. Ты возьми такси. А, я встречу тебя дома! И, не задерживайся, ладно? Наш полёт должен быть через несколько часов?"-

У Флоры тут, нервозная улыбка; и она качает головой, тогда, как её плечи двигаются: "Я знаю об этом. Хорошо! До встречи, дорогой!"-

А, в это время Флора медленно открывает дверь, и, она, следом, вступает в коридор дома Уитморов, где замечает бабушку, Кэтрин. Флора шагает дальше, во внутрь, в гостиную.

Внезапно там появляется Карл, её отец: прослеживается, что он выглядит удивлённым; видно, его голова склоняется вправо. А, её мама, Вирджиния, в отличие, не искренняя; и, без церемоний начала кричать.

Она радостно ревела: "Сынок, спускайся вниз, поскорее! Флора вернулась, домой! Джейсон! Где ты, сынок? Поторопись!"- Уитморы уставились на Флору, а, у неё остановка дыхания; и, тут, она вдыхает полный смысла: 'Мама, папа, я хочу побыть в вашей компании, здесь и теперь?'- А, Вирджиния, молвит деликатно: "Моя девочка, конечно! Мы - твоя семья, несмотря на все разногласия! Флёр, ты пожизненно будешь нашим ребёнком!"- Она теперь глядит Флоре в глаза, продолжив: "Флора, почему ты такая, серьёзная?"-

А, в это время, миссис Кэтрин идёт первая, впереди Джейсона, ведя его в комнату; взгляд падает на парня, оба направляются...

Наблюдается - юный Джейсон, шурша тапками, входит в семейную гостиную. Следующая, бабушка Кэтрин, преследует, на полу-вытянутую длину руки, и, позади. Джейсон возбуждён; чтобы поговорить: "Сестричка, а, ты домой вернулась на совсем? Я, надеюсь?"-
Флора же, начинает говорить медленно, но была вся на нервах: 'Нет! Причина моего прихода сюда, такова, что я хочу поговорить со всеми вами!'- Флора тут делает глубокий вдох; объясняя: "Если вам известно, то я заканчиваю учёбу в Медицинском институте?"- Она замолкает; но, тут снова, продолжает: "А так, как Департамент Эмиграции не разрешил Мбеки остаться? И, даже не дал ему добро на..." Она хватает глотками, вдыхая воздух, повествуя далее: 'Итак, мы решили вернуться назад на родину Мбеки, в Африку!'-Вирджиния тут же стала биться в истерике, и своего рода она более походила, на безумную.

Вслед за ней миссис Кэтрин рыдает; тогда, как все они провожают Флору своими глазами, когда они поднимается по-лестнице; до тех пор, пока она не исчезает из коридора, по пути, что ведёт на верхний этаж. Похоже, что Кэтрин обеспокоена, когда она опустилась и, села на удобный стул, складывает руки на верхнюю части своего тела, как будто бы она приготовилась для молитвы. Такое же, мнение имеет и её муж, Хэмиш - на противоположной части комнаты. После услышанных, такого рода новостей внимание Уитморов приковано к Флоре. Миссис Кэтрин, как Королева драмы, гласит: "Что вы думаете насчёт Флореной судьбы?"- Но, глаза Карла широко открыты: 'Я через неё в шоке!'-
Хэмиш, складывает руки на верхней части груди: 'Известие шокировало как меня, так и Кэтрин!'-

А, между тем, на улице городка привлекает внимание Трой Витал - в одиночестве, выходящий, из Кафе. Потом, он стремится перейти дорогу...

Вдруг из-за угла едет на большой скорости машина, что выехала серебристого цвета "Седан" впереди дороги. Импульсивно, машина останавливается резко; тем самым, блокируя дорогу, Трою, на большой скорости; при чём, последний тут выглядит, испуганным.

Когда оттуда, стал вылезать наружу кто-то, что стало шоком для него.

Тут виден эксцентричный человек управляет машиной "Седан", кто чуть было не сбил Троя, на близком расстоянии.

Водитель вскоре выходит из машины. Тем человеком оказывается Мбеки, ехавший по-дороге, и, прямо к месту стоянки Троя, который перелетел через переднее лобовое стекло; видно, как он падает вниз, на землю. Теперь, Трой скрепит зубами: 'Какого хрена ты это сделал? Мбеки? Ты с ума сошёл? Ты, чуть было не переехал меня, на своей ёбаной машине?'- Мбеки качает головой, засовывая свою правую руку в карман. Всё же, он наклоняется, когда глядит со странным выражением на Троя. Сейчас Мбеки кивает головой, разговаривая тихо: 'Эй, Трой, тебе того же! Я не видел тебя, идущего на меня?'- Но, Мбеки со странной ухмылкой, что кажется довольно жутко. Трой вне себя: "Хватит толкать гадость! Ты прекрасно знаешь, чёрт тебя возьми, как управлять рулём!"- Трой в свою очередь смягчается; тут же усмехается, и, с поговоркой: 'Послушай, Мбеки, как он у тебя, стоит?'-

А, ещё он подмигивает иронично Мбеки, чьё выражение лица, неожиданно превращается - в мрачное: "Я имею ввиду с Флорой? Вы двое ещё встречаетесь? Или, всё прошло и, забыто?"-

Мбеки же, вытягивает руку наружу, из своего кармана, при чём там он держит вроде маленького гаджета так или иначе, Трой примечает это. Он приклоняется к Трою, и, полу-шепчет ему в ухо: "Послушай, мальчик! И, хорошо слушай!"- Мбеки замолкает; потом гласит красно-язычный, но - интенсивный: "Я знал, что вы друзья..."-

Он здесь тыкает пальцем в Троя: '...были с Флёр? И, я чёрт возьми, прекрасно знаю, что ты перестарался возбуждаясь, и, ты зациклился на ней?'- Но, теперь Мбеки перебил Троя, который скрипит зубами: 'Заткнись, нахуй! Я не твой пацан, чёрт возьми!'- Теперь, Мбеки прерывает, сокращая речь Троя, будучи вне себя: "Мальчик это - у нас зовут таких, вроде тебя, в Африке! Только разница между тобой и мной та, что я влез в её штаны, сейчас! А, знаешь, почему? Потому, что я, мужик, а ты пацан!"- Его последние слова, произвели эффект на Троя; так как он уже готов начать драку. Мбеки же, наклоняет голову, и указывает бровями глаз вниз на свой карман, где маленький предмет, был спрятан. Внешность Троя изменилась – на мрачное, и всё же, он говорит развязано, но, весь на нервах.

А Мбеки, говорит командным голосом: 'Так, точно, мальчик! теперь даю тебе устное предупреждение - забудь о моей жене, Флёр!"-

Но, у Троя меняется внешность, он тут превращается - в бледного, с широко-раскрытыми глазами на Мбеки. А, Мбеки даёт ответ, так, будто весь на нервах: "Так точно! Флёр принадлежит мне! Попрощайся, с ней! Потому, что она поедет вместе со мной в Африку!"-

На сей раз, он отворачивается спиной к Трою, и, идёт прогуливаясь, к своей машине.

На сей раз видно, Трой остался глядеть ему в след, пребывая в шоке от слов Мбеки; который стал отъезжать, на большой скорости.

Между тем, в доме родителей Флора поднявшись по-лестницам, и входит в свою спальню. Сейчас она уезжает; оставляет позади свою спальню. А, она так была привязана к этой комнате.

Сейчас она проводит последний взгляд вокруг места, которое многие годы было для неё словно крепость, что давало ей силы и утешение. С оглядкой назад вспышка памяти: Флора вспоминает своё детство...

Потом, она ложится на кровать, поверх покрывала. Там находится компьютерная игра 'Tomb Raider", которую Флорин брат Джейсон подарил ей, когда-то давно; но, сейчас оно оказалась в пыли. Находясь в своей комнате наверху, Флора провела последний взглядом спальню.

Голос у Флоры грустный, и она вот-вот заплачет: "Я годами коллекционировала все эти вещи. Комната была моей крепостью, так, будто она помогала мне взрослеть?"-

В порыве момента, висевшее зеркало, падает вниз; видно, что оно разбивается в дребезги. Флора по-логике, грустно шепчет: "Это - признак семи лет невезения? Но, это не может произойти с нами? Только, не после того, как Мбеки и я соединились? Я лучше, забуду обо всём этом..."-

Теперь Флора, медленно прикрывает двери, вслед за собой, со слезами, что текли вниз, по её щекам...

А, уже в семейной гостиной, она замирает, близко между дверями, разглядывая свою семью, но, более, чем обычно своего отца.

В то время, как её рука держалась за талию женщины со-средней комплекцией боков фигуры, это - добродушная Вирджиния, мама Флоры, у кого в глазах слёзы стекали вниз, по её щекам. Она тоже плача, двигается к выходу: "Время пришло мне уходить!"-

А, Уитморы тут же гласят: "Флора, мы тебя любим!"- За исключением, их эхо слышалось вокруг; но, оно стало испаряться в воздухе...

Флора тут же обводит взглядом в последний раз; при чём, продолжает глубоко дышать. Видно, как такси стало увозить её, на большой скорости...

ЧАСТЬ – II

В АФРИКУ ЗА ПРИКЛЮЧЕНИЯМИ

ГЛАВА 10

Флора и Мбеки прилетают в Африку утром, приземляются в…Всё ещё пребывая в Аэропорту Африканской страны, Флора следует за Мбеки, позади.

Чуть позже, на полпути от дороги, подлинное путешествие, на ходу в подбирающих автомобилях, которые они ожидали довольно долго, чтобы поймать, хоть одну. Мбеки, как раз наклоняется, к ней, говоря тихо: 'А, такси здесь не курсируют!'-

Наконец, после долгого ожидания в поле зрения грузовичок, что останавливается; оттуда водитель высунулся, заявляет - в свою пользу, иметь наличные. А, водитель говорит на ломанном Английском: "Вы заплатить мне только в Американских Долларах! Я хочу деньги наличными, и, в руки!"-

Всё ещё находясь на пыльной дороге, Мбеки вскоре даёт ей знать о их дальнейшем методе транспортировки, на который они должны пересесть - это лошадиная повозка; при том, Мбеки: 'Наш следующий способ передвижения будет в лошадином вагончике! Если, конечно, нам повезёт поймать один естественно?'- А, Флора глядит растерянно, и, смущённо: "Что ты такое говоришь? Ты наверно, шутишь?"-

Потом она понимает, это - правда: "В действительности оно называется Лошадиная Упряжка! Но, как такое может быть?"-
Наконец, откуда-то из-под песочной пыли, одинокая машина проезжая на скорости мимо, оставляет позади Флору и Мбеки, за исключением, авто мчится - без остановки.

При длительном нахождении там Флора и Мбеки, вдруг замечают на расстоянии, как медленно скачет галопом повозка с осликом, движущаяся в их сторону. И, Мбеки тут произносит: 'Теперь я вижу лошадиную повозку, идущую в нашу сторону, по этой длинной, пыльной дороге...'-

Позже, уже входя в дом семьи Мбеки, что похож на хижину; где Флора ощутила внутри, тяжёлый запах; здесь воздух наполнен мутным. Однако она не посмела задать вопросы, или пожаловаться на это...

Уже войдя в хижину семьи Менринга, попадают в поле зрения не менее четырёх Африканцев, среди которых, возникновение старуха, в свои поздние семьдесят лет. Она с темной-кожей женщина, которая уставилась в силу души Флоры; похоже, что она стала ощущать мурашки, по тех туре её кожи...
Скорее здесь Флора попадает под заклинания той старухи; и, она призывает Мбеки своими широко-открытыми глазами, и говоря, нежно:

"Мбеки, объясни, всё очень странно, почему эта пожилая дама кажется уставилась на меня? Как..."-

Вместо того, он мешает ей говорить, в бешенстве перебив её, и, шепчет ей на ухо, сердито: "Заткнись! Ты говори только, когда я тебе скажу так!"-

С наступлением темноты, Флора, идёт вместе с Мбеки и, старой женщиной на воздух, в их семейный саду, перед фасадом дома.

Мбеки же, намекает ей идти позади: "Следуй за мной и бабушкой, на улицу!"- Он также указывает рукой на эту старую, темнокожую даму, тем самым, сообщая Флоре о секрете, который держал её в напряжении. Мбеки, улыбаясь, говорит с гордостью: "Понимаешь, эта пожилая дама - моя бабушка. Её имя Кандела. Ей было суждено стать колдуньей-целительницей, тогда в её далёкой юности..."-

Он здесь замолкает; и, делает вздохи. Флора же, напротив, выглядит поражённой. Присматриваясь к глазам Флоры, что раскрыты от любопытства, она гласит: "Она, что на самом деле?"- Сейчас он подтверждает, давая ей ясно понять: 'Да, Кандела была в действительности колдунья-целительница, она всё ещё является таковой в нашем обществе!"-

Кроме всего прочего, будучи наряженной в разно-цветное платье, и, разглядывая голову Африканской женщины, когда у Канделы было обмотан вокруг пучок, что стоял ровно, и, покрывавший, верхнюю часть её головы.

А, между тем на паче, вдохновляющее, но, что-то странное происходило, и, то, что было приспособлено заранее, старой Африканской женщиной - Канделой Менринга. Там, также видно Флору - рядом с Мбеки, усевшихся вниз за компанию со-способной Африканской дамой, бабушкой Канделой. Здесь Мбеки дополняет: "Моей бабушке известно многое! Порой кажется, что она может видеть сквозь чью-то душу. Вот и сейчас, она будто смотрела сквозь твою, малышка до…"-

Флора сидит рядом с Мбеки, который держит в руках птицу, находясь близко к костру, который ярко пылал. Теперь вдруг, наблюдалось, как старая Африканка потирала камни, которые были изготовлены из слоновой кости; чем она пользовалась, пропуская их, сквозь свои ладони. Постоянно находясь в действии, Кандела перемещает камни, по-песку теми костями. А круг уже нею начертан; потом Кандела вытягивает из маленькой старого оленьей кожи кисета сумочку с количеством слоновых костей. Следующим действием эта дама быстро бросила те слоновые кости вниз на землю. Здесь Флора шепчет ему в ухо: "Милый, что это Кандела делает, там?"-

Он же, наклоняется, и даёт ей представление о тех камнях: 'Ты видишь вон слоновые кости светятся глянцем на песке? Кандела изучает, мигание некоторое время, просто чтобы понять, что ждёт кого-то, в будущем?'-

Кандела вдруг, начинает размахивать, мчась за счёт переходя то взад то вперёд на глазах у Флоры, и, как бы скандируя деликатно. При всём этом, она медленно превращается, будучи не из робкого десятка. Таким образом она околдована чарами Канделы, которая хочет убаюкать. И, в тот момент, глаза у Флёр становятся тяжёлыми, и веки опускаются.

Словно под гипнозом, Флора опускается вниз на землю, а, затем ложится на песок. Флора в этот миг - во-власти иллюзий, а, её мысли наполняются воспоминаниями; тогда она и слышит грудной, но, ласковый голос Вирджинии: "Розы красные, фиалки - синие, все вокруг уснули, и Флоре тоже спать пора!"-

Немалых несколько недель пролетело, с момента прибытия Флоры в Африку. Она живёт с Мбеки в домашнем очаге хижины его семьи. При чём, атмосфера между семейством Менринга и Флорой похоже - напряжённая.

За это время Флора попыталась найти способ быть полезной и другим членам семьи. Но, она не знает языка, совместно с Африканским образом жизни, в нём.

Однажды Мбеки советует Флорс пойти работать в фамильный сад. Приближаясь, он, при этом, и, с помощью выше-стоящего протяжно, и, как бы имея дело к ней, Мбеки излагает своё решение через господство и твёрдым голосом: 'Флора, ты должна носить поверх платок! Сейчас, ситуация кажется таковой, что ты и, я уже больше не находимся в городе? Понимаешь, в наших обычаях положено, чтобы женщин, а прикрывала себя с головы до пят!'- Ну, а, Флора выглядела так, будто была сбита с толку: 'Если это то, что от меня требуется, исполнять?'

ГЛАВА 11

Всё, кроме ещё двух недель пролетело мимо, для неё. Флора работая на садовом участке, к этому времени уже скучала за своей семьёй и, друзьями: порой ей нравилось то, чему она научилась из воспоминаний.

Теперь она работала в месте, похожий на задний двор; учитывая, что она могла слегка пренебречь тем, через которое пролегал обширный земельный участок...

Неожиданно, из-под песка, навстречу появляется автомобиль - джип, который движется прямо на огород, это привело в результате, что шокировало домашних птиц.

Джип тут, останавливается на коротком расстоянии в ширину от места, где Флора трудилась, в ручную.

Эти ново-прибывшие, покидают машину, сосредотачивая внимание на том факте, что один из гостей без малейших колебаний, обращается к Флоре, на Французском языке; произнося грудным голосом: "Это срочно, где находится Мбеки?"-

Когда Флора оборачивается, при этом стесняется, и, указывая рукой на сарай; и, говорит, по-Французском языке: "Он внутри дома."-

Эти гости стали удаляться, и, уже проходят мимо, направляясь, в сторону сарая семьи Менринга.

В момент, как только Флора входила в дом, внутри замечены несколько гостей, которые беседовали за компанию с Мбеки. Он же, вместе того, не обращает внимания на Флору, тоже находящуюся там. Мбеки предстаёт, будучи довольно напряжённым; и, в дебатах с ними. Но, Флора не способна понять ни единого слова из-за возникшей тут, беды. За исключением одного клише то, что она подслушала, как те гости заявили. А, второй гость, говорящий на Суахили [Африканское наречие], что ей не понятно ни слова: 'Отдай нам в Танзанийских шиллингах?'- [Это Танзанийская деноминация Государственной конвертируемой валюты].

В эту беседу, между гостями, неожиданно вмешалась Флора; у неё вызвало интерес их дискуссией, и она была возбуждена, при чём, говорила она, на французском языке: "Простите, если бы вы хотели и, могли, выслушать меня? Я тоже говорю по-Французски! Господа, могли бы вы мне подсказать, или здесь есть школа, недалеко? Так, как, я живу здесь, а, мне очень хочется научиться говорить на вашем языке."-
Здесь, один из тех гостей ухмыляется. Тогда, как Мбеки поворачивается лицом к тем, которые между собой устраивают насмешку.

Сами же гости кажется выступают против и они предстают, при этом глядят только смело и дерзко.

В то время, как Мбеки вытаскивает пояс из своих штанов; и, тут же, внезапно наносит удар, он избивает Флору по-верхней части у неё по-телу, и ударяя её по груди. Вследствие чего, она стала падать вниз на землю.

А, Мбеки наносит повторные удары! Избивая Флору ещё раз; видно, как он наносит удары за ударом, по-верхней части её тела. Под его ударами - это заставило Флору застыть на месте, находясь внизу. Мбеки теперь вновь на грани нанесения удара; видно, что он выглядит злым; и ещё он кричит по-Французски: 'Закрой, свой рот!'- Беря во-внимание, что вначале он выкрикивал, при чём он весь на нервах, в то время, как Мбеки стал говорить уже на английском: "Убирайся, к чёрту отсюда, из комнаты!"-

Здесь попадая в поле зрения, Флора находится в состоянии шока, уставилась на; в то время, как её рука висела в воздухе, при всём том, пытаясь защитить себя, от побоев Мбеки. Заметно, как горькие слёзы текли вниз, по щекам Флоры. Под давлением заколка для волос у Флоры, вдруг раскрывшись, выпала сама по-себе; и, лежала на полу. Наблюдается, что косынка у Флора соскальзывает, а она до того прикрывала свои волосы, целые две недели, тут... Тот факт, что это был своего рода знак предупреждения для Флёр отвалить; таким образом, она медленно стала отползать, будучи в неведении, как нетипично для Мбеки грубые действия? А, гости ухмылялись, в то время; как бы впитывали, приглядываясь к Флоре; и, всё же они, не обращая ни малейшего внимания на неё, а, напротив, поддерживали чате с Мбеки - под давлением.

Немного спустя, находясь в заднем дворе, Флора наблюдала издалека, за гостями, покидающими хижину; и, шагавшие рядом с Мбеки, который держался, на расстоянии вытянутой руки от них.

Когда же гости стали садится в их джип, что припаркован на краю у хижины Мбеки.

Далее последовало, что джип стал отъезжать, однако Флора уставилась на автомобиль, как он стал исчезать, вместе с теми, там.

В конце концов Мбеки поворачивается боком, что вблизи стенда Флоры; и, лишь тогда он бросил взгляд на неё. Тем не менее, Мбеки глядит на неё практическим и пленяющим взглядом. А, её голова тем временем, движется вверх и вниз; в то время, как она остаётся на месте, при этом, нею непроизнесённое ни слова - таков был её выбор.

Сейчас и здесь на Флору навеяли мудрые мысли: "Я нахожу его каким-то странным? Особенно, как он ведёт себя? Это просто уму непостижимо?"- Флоре неведомо, какова реакция Мбеки; и, всё же, она смело нарушает тишину, при чём у неё озабоченный вид, когда она восклицает: "Мбеки, ты изменился, с момента нашего прибытия сюда. В чём дело? Ты, что попал в неприятности? Поговори со мной!"-

А Мбеки, вновь находится глубоко в мыслях; когда, не торопясь он, глядит ей в глаза. Казалось, как бы кроется нечто, что беспокоило его; и, он заявляет, будучи на грани срыва: "Моя семья переживает ужасные денежные недостаток! Причина всему, что мы были в долгу, у одного. Я надеюсь, что всё разрешиться, чтобы быть обеспеченно..."ъ

Мбеки приходит в себя опять, видно, как он в теперь раздражён, и, у него рвение идти; при чём - как один, но он - двуликий человек.

И тут он выкрикнул по-английски, в знак протеста: 'И, больше не задавай вопросов... Иди! Работай по-дому! А, ещё иди, и по-убирай на улице! Затем, на газоне, и сделай это - побыстрее!'

На следующее утро, после недоедания во-время обеда, на семейной кухне, Флора затронула тему, в разговоре с мужем о предыдущем инциденте; и видно - она расстроена до слёз: "Я была оскорблена тобой? Мне нужна веская причина для всего? Мбеки, поговори со мной?"-
Флора торжественно, но, находясь в истерике, выражает свою позицию к Мбеки, и, накалена до предела; но. произнося нежно: "Отвратительно, как ты вёл себя днём раньше. Ты совершил нападение на меня, в присутствии гостей! Почему, Мбеки?"- Он же, с самообладанием; в отличии действует в ответ, в то время, как сам отворачивает от неё голову, в сторону; но, у него раздражающие переливы голоса: "Это, для вашего наказания! За то, что ты не уважаешь наши ритуалы, и образ жизни? Ты понимаешь? Кроме того, я должен напомнить, что вы живёте под крышей моей семьи?"-

На закате, будучи в положении сидя, в комнате Флора вспоминает прошлый случай, когда Мбеки избил её...

По-этому поводу Флора решила взвесить спокойно; так, как была само-критичной, и, последовало её молчаливое решение:

"Я не стану делать из мухи слона, от наших предыдущих стычек, как бы позволю ускользнуть всему, что ли? Я не в состоянии защититься, если осмелюсь, бросить вызов решению? Потому что, для меня всё ясно. Медовый месяц окончен! И это - факт!"-

Жизнь в доме у мужа повлияла негативно на Флору, она обычно выполняет всю грязную работу по-дому, там, а, ещё - на земельном участке, как в дополнение.

Размышляя надо всем, она за одно, бывало очищает дерьмо, нагаженное домашними животными; сверх всего там, где был старый деревянный чулан, выходивший за двери, где подопечные было построили туалет.
В связи с этим, Флора бормочет про себя: "Я должна разгребать для себя сено и траву..."-
Опа вздыхает: "Я хочу быть на моём родном дёрнс?"-
Флора вдруг стала вспоминать свой родной дом и, лужайку там...

Сейчас вернувшись в реальность, Флора анализирует: "Почва здесь сухая, вплоть до низу до самых корней таким образом, чтобы продвигать? Это вовсе не значит, быть непригодными? Или это - не так? Так вот..."-

ГЛАВА 12

Между тем, ещё несколько недель пролетают мимо для Флоры, находящейся в новом доме, где она обосновалась в Африке.

Однажды ночью, Флора сидя во-дворе, обсуждает с Мбеки семейныее отношения; в то время он является в не обычном свете, с момента, как он прибыл сюда, он стал другим человеком.

А, Мбеки, как бы догадался о её мыслях; и, даёт ей ясно и просто понять; при этом будучи накалённый до предела, и - настойчив: "Моя семья и я настаиваем, чтобы ты пошла трудиться на поля, плечом-к-плечу с другими нашими соседями? Более того, Флёр, перед тем, как ты будешь возвращаться домой, по-дороге ты должна принести для всей семьи два полных ведра с чистой, питьевой водой. И, в этом я не приемлю отказов!"

Флора реагирует пытаясь дознаться; но, выглядит - неловкой: "Почему ты так поступаешь со мной? Я ведь никогда ещё не трудилась на поле? Кроме того, я не говорю на вашем врождённом языке. Как же на свете, я буду способна понять, о чём говорят местные жители? С моими намерениями и целями, да, и с моей связью с местными Африканцами?"-

Мбеки, в свою очередь заговорил, будучи раздражённый: "Мне, всё равно! Завтра на рассвете, вы уже должны выйти работать в поле! Об другом не можт быть и речи! Всё понятно? Потому, что если вы, Флёр, стапете игнорировать мои требования, предупреждаю, вы будете наказаны!"-

Следом в ту же ночь, у входа в сарай семьи Менринга, в то время, как Флора готовится лечь спать...

Немного спустя, когда Флора заходит в её и Мбеки, в их общую спальню она заметила одеяло, покрывало подушки, что лежали на земле.
В это самое время, Мбеки даёт ей ясно понять, указывая рукой вниз, на вещи; при чём, выкрикивая жёстким голосом: "Ты не будешь спать в этой кровати! Иди, вон туда! Я поставил раздвижную кровать! Иди же! Отойди, отсюда!"-

Позднее готовясь лечь спать, Флора переставляет по-иному раскладушку таким образом, чтобы сделать там по-удобнее.

Сейчас тут свет погас вместо того свечи горят внутри. Флора видна лежащей сверху, на тряпках.
Вначале зрачки её глаз открываются; и, она бормочет про-себя: "Я чувствую себя такой бесстыжей..."-
В этот мгновение, вдруг заметно, как слёзы льются вниз, по-лицу Флёр.
Затем, она закрыла глаза: "И, всё же я не могу уснуть?"- А, она плачет, находясь на грани срыва; при таком эффекте, Флора тянется в другую сторону. Вследствие чего, она сворачивается в клубок, и принимает, прежнюю позицию.

Здесь наблюдается едва лишь утро, и, с проникающим туда первым светом. А, Флора уже встала; накинув платье, с удлинённой юбкой, которая выявляет лишь её босые лодыжки; а, сверху платок, что покрывает ей голову от темени до пят; она перемещается на открытый воздух. Там же, установлено место для мытья и, можно приводи себя в порядок. После чего она почувствовала под ногами земля покрыта торфяником. Флора тут же, быстро промыла своё лицо; и, лишь затем, причесала волосы.

Первым делом, Флора поднимает два ведра; даже не перекусив на ходу; она выходит на луг, хотя ей неизвестно: 'Но, в какую сторону мне, идти или же, где - то место, для…'

Позже лишь один инструмент оставался в панели инструментов, чем по-сути дела, она и должна работать, то был серп. Используя лезвие косы - это срезало посевы, и сахарный тростник, в чём Флора не имела подобного опыта ручного труда.

Вдруг, её состояние стало ухудшаться, по-мотивации это – стало серьёзным испытанием… Но, для Флоры обиднее всего то, что она не способна понять Африканский диалект.

Уже, на поле, во-время работы временно, Флоре дано осуществить задачу, сильно ударять посевы; при этом она следует за другими группами, которые тоже работают в поте лица.

Ступая мало-по-малу, Флора достигает этой цели так или иначе, продвигаясь, она срезает посевы, с виду применяя лезвие серпа. В своём усилии, чтобы производить каждый удар...

Её присутствие рядом с другими, при котором, в данное время, она движется вперёд, срезая посевы...

А, Флора бормочет, при чём тяжело дыша: "Я чувствую себя такой измученной работой на полях? Иисусе, я могу себе представить, как эти Африканцы, чувствуют? Особенно, когда ситуация может ужесточиться?"-

Вскоре она садится отдохнуть; и, встаёт; вдыхает; делая небольшую передышку, и при всём том, гадает...

Позже, в разгар, её внимание привлекает: "Как долго осталось ещё до перерыва?"-
Учитывая тот факт, что она не была приученной к тяжёлому, физическому труду; с ненормированным рабочим днём, да, и, в области земледелия; и, так через своё размышление...

Да, ещё болезненный мозоль, вдруг, образовался поверх техтуры кожи, на руке у Флоры.

Вследствие чего, она предъявляет человеку, который отдаёт приказы, и, указывая рукой на место, где была у неё травма на коже.

Ко времени окончания рабочего дня, после её последней рутиной работой на поле, Флора наконец, уходит.

Вдруг, она неожиданно: ”Вот чёрт! Я вспомнила, что должна ещё принести два ведра с чистой водой, в дом Мбеки?”-
Пока Флора чувствует себя подавленной, но более всего дезориентированной; находясь по-среди пути, она пытается найти направление, где расположен водопроводный кран с водой.

Там, Флора вежливо и, по-английски, спрашивает одного местного жителя: ”Вы могли бы показать мне дорогу к чистой водопроводной воде, пожалуйста?”-

Но недостаток опыта иметь контакт с Африканцами, ставит Флору в тупик; учитывая, что они постоянно игнорируют её.

Позже, в тот же вечер, взгляд попадает на Флору, которая возвращалась в хижину Мбеки, с пустыми руками; и, где она стояла на пороге, без капли воды. По-прихоти, Мбеки стал кричать на оскорбительным тоном в клише, при чём, движением его рук указывает, что он сердитый:
”Я виню тебя, за игнорирование моих приказов!”- Но, Флора находится в замешательстве, произнося робко: ’’Это - не моя вина, что я не нашла водопроводные краны, или же бак?”-

Однако Мбеки прерывая её, кричит на неё во всё горло, будучи накалён до предела: "Флора, ты - ленивая, белая блядь! Тогда, почему же ты не искала колодец?"-

Между тем несколько недель проходит мимо - Флора так же работает на поле, и к настоящему времени уже нашла местонахождение колодца на своём пути...
Теперь заметно, что у неё рука покрыта волдырями; а лицо приспособилось к загару; также было заметным кровянистые выделения от солнечного ожога поверх её кожи.

Тем не менее Флора не в состоянии связать пару слов с коренными Африканцами; тогда же, жители игнорируют быть в компании с ней, если она пытается связать пару слов. Даже, если она трудится так же тяжело, как и, остальная общественность на поле, и - при высокой температуре воздуха...

Начиная с этого дня Флора, видно, как она повторяет, и оно как бы превращается в отчаяние для неё, когда она пытаясь среди других вписаться, на поле: "Чтобы вписаться среди них, да ещё адоптироваться к Африке уровню жизни, что без сомнения, невозможно! Это длится без конца и края, а, для меня - неудача?"-

А, она вдыхает полный смысла, говоря самой-к-себе, и задумываясь: "Подлинно, тот образ жизни и существования туземцев было тяжёлым. И, я хочу понять их язык? До сих пор, это заставило меня, чувствовать себя эмоционально недоразвитой?"-

Не менее недели прошло. Здесь, по-времени наблюдается, что приближается окончание рабочего дня.

И, там же, на месте Флора выясняет, что с её работой на поле по крайней мере покончено, на этот день. Также, человек, отвечающий там, дал информировал её, и, говоря об этом так, с акцентом, на Английском языке: "Ваша задача на сегодняшний день, выполнена! Положите вниз ваш клинок! И, покиньте луг сейчас, можете идите домой миссис Менринга."-
А, Флора и рада, при чём бормочет, про-себя: "Слава, Богу за это..."-
И уже довольная Флора бросает луг, и, шагает, без остановки.

ЧАСТЬ - III

ТОРГОВЛЯ НА РАВНИННОЙ МЕСТНОСТИ

ГЛАВА 13

По прибытии домой туда, где хижина Мбеки, Флора рада иметь отдых после длинного и, утомительного дня.

Тем не менее - это было не так просто сделать. Вместо того, Мбеки настаивая на чём-то, и, в указательном порядке для неё; в то время, как его голос звучит с превосходством: "Я и моя семья, идём прогуляться. И, ты должна тоже идти вместе с нами! Флора, следуй за мной и членами моей семьи, в сторону равнинной местности..."-

Как только семья покинула сарай, Флора последовала за ними, даже если они и шли пешком в течении достаточно длительного времени, странно и, на далёкую дистанцию, там Флора разглядела регион, похоже был идентичен к Северной Африкой саванне.

Между тем, Мбеки наряду с его бабушкой Канделой идут вперёд; следуют за ними позади и другие члены семьи Менринга.

Принимая во-внимание, что Флора шагает, будучи последней в строю, при всём этом, она верно идёт позади. Тем не менее, весь клан Менринга шагает в течении длительного отрезка времени по-пути куда-то далеко, в поле, к уединённому месту.

Потом, там же, открывается вид - толпы на фоне местных жителей, где они пребывают на равнинной местности, и, создают шум впереди; при чём, право быть услышанным то, что окружено хором и, ударными инструментами.

Теперь и там Флора берёт в толк, после того, как обозрела всю панораму бесплодной почвы в той области Саванны, где следующий является вид на сбор людей, кто должен был пройти здесь, в дюйме...

Это пленило её взгляд, тогда, как, она нашла способ обойти.

Таким образом, Мбеки стал давать объяснение; а, она возбуждена но, в главное сгорая от любопытства. Флора же наклоняется к нему; и, на сей раз указывая рукой: 'Какого рода события предлагаются, вон, там?'- Ну, а он отвечает с гордостью: "Там сейчас проходит церемония! Среди наших людей из племён, что носят название Миджикэнда!"-

А, Флора из пристального любопытства, мягко спрашивает: "Ты сказал Племён? И, что такое верное они?"- Она тут замолкает; и, глядит на семью Мбеки странно; а когда остынув, Флора уже была спокойной и, собранно, то стала допытываться, как бы из любопытства…

В мгновенье ока Флора была поражена возникшей картиной: "Я имею ввиду, что они празднуют? Откуда эти люди появились?"-

Вот здесь и, попадают в поле зрения эти ведущие толпы, и, что хорошо было продуманно, для организации условных мероприятий для местных Африканцев; где оно установлено на обширной площади.

Кажется, что их ритуал проводится заметным образом, чем привлекало к себе жителей из соседних районов Африки. Широкая общественность, участвовавшая в этом мероприятии, сформировали круг; там же они пели примерно в нескольких ярдах, расположенных от неё. Кроме того, те люди предстали танцующими традиционные обряды Африканских племён.

Там же находятся женщины, выполняющие шумные, даже оглушительные действия, используя сквозь звучное щёлканье своих языков, чей отголосок отдаётся эхом. Рёв они хором поют: "Ой! Ей!"

На каком-то этапе мероприятия, меньшинству женщин были отданы в руки домашние птицы, те куры оказались ещё живыми. По воле судьбы, Африканки держат у себя на головах тех птиц, как бы показывая, что дают театральное зрелище, и - активные.

По-прихоти уже ножи стали видны в их руках, с которыми женщины стали применять: и при чём отрубили шеи, птицам. Теперь женщины стали грубо вырывать части перьев птиц, вместе с крыльями у туши.

От такого зрелища Флора испуганна, трусится: "Смотреть на тот инцидент это всё равно, что быть в фильме ужасов? О, Господи!"-

Вдруг, с размаху, женщины стали потягивать кровь у несчастных домашних птиц. Тут, они совместно медленно стали вращать взад и вперёд этих птиц; что оказались призрачно покалечены, здесь.

Здесь обращает на себя внимание тот факт: что женщины подняли резко в воздух, практически безжизненных курей.

После того, как уже Флора попадает в поле зрения те женщины в тот миг, яростно трусят птиц и, кричат, создавая жуткие шумы, присущие тому. Флоре стало страшно, и, чувствуя себя в ногу с; тогда она постигает на одном дыхании, как бы была околдована. В таком случае она ищет от Мбеки объяснение по-поводу произошедшего, которое имело место здесь. На сей раз сё глаза широко открыты, от ошеломления: "Мбеки, что происходит здесь? Почему они ревут?"- А, Мбеки бормочет, будучи раздражённым: "Я советую, чтобы ты склонила голову. Это - для вашего же блага"- Но, Флора ужасается, и, всё же, её внимание пристально: "Почему? Что я сделала не так?"-

Теперь Мбеки шепчет ей в ухо: "По-словам распространяемыми нашими туземцами, которые как полагают, что вы, Флора приносите несчастье в нашу общину... "-

Немного спустя, всё там же, на равнинной местности Флёр был подан напиток из рук Кандслы, деревяшой тарелке.

Тогда старая женщина и предлагает это жене Мбеки, и тут фиксация на Канделе, усмехается, простирая руку: "Да, возьми ты, и выпей это!"-

А Мбеки подтвердил: "Бабушка предложила тебе напиток, Флора, возьми это? Давай же, сделай глоток того!" -

Внезапное ощущение несоответствия, при чём в голове у Флоры вертеться. Этот образ развеивается, став размывчатое, и, со вспышками.

Вдруг, чьи-то отголоски слышны издалека и, в погремушках; но, пламя ярче, чем раньше. А, изображения языков танцующего пламени; похоже, что всё превратилось в галлюцинации для Флоры.

После того, как Флора приходит к своему здравомыслию, но, в тоже время, она находится в недоумении.

И, тут же она замечает несколько человек, которые прибыли ранее, но стояли в стороне; а, их взгляд направлен на неё. Там же незнакомцы тоже приметили её.

Тем временем, один из гостей подходит ближе к Флоре и, без всякого предупреждения хватает её за запястье; он, затем начал атаку.

Можно наблюдать, как они пытаются оттащить её прочь, в другую сторону...

...Тот факт, что Флора стала умолять Мбеки помочь ей с безопасностью; а, он как раз наоборот, произносит с развлечением, но, с презрением; в то время, как сам скептическим взглядом; со-средней нетерпимостью дела; и т он, предположил твёрдым словом; но, будучи весь на нервах: "Ни одна живая душа не будет отчаянно пытаться мириться с тобой за компанию. Я даю намёк тебе о том, что было согласованно между всеми нами. Ты приносишь несчастье: либо с вами должны разделаться, либо - проданы новому хозяину! Когда дело доходит до такого, в ритуале Африканских Племенах, ещё с нашим укладом жизни, Флёр!"- Послушав его шокирующее откровение, она не могла в это поверить...

По-сему, когда умоляет она Мбеки, глядит как в ужасе: "То, что ты сейчас сказал было шуткой? Это - просто глупая история, не так ли? Докажи мне тогда, Мбеки? Давайте-ка, послушаем его?"-

Теперь он оборачиваясь в сторону, обращается ко-всем строго: "Нет, это не шутка, это - серьёзно. Вы больше не являетесь моей женой! Учитывая, что по-воле судьбы, ты была продана новому Хозяину!"-

Сейчас видно, как слёзы катились у Флоры вниз по лицу: "О чём ты говоришь? Мы поженились, ещё у меня в стране, на законных основаниях? Я твоя жена, разве ты не помнишь, Мбеки?"-

Она глядит на лад, ему в глаза. Но, Мбеки отворачивается в другую сторону, где стояла общественность; даже, не глядя ей в глаза. Она напугана, когда направленны её болезненные слёзы: "Ты сошёл с ума, мужик! Но сейчас не так, как это было в прошлом веке, именно во-времена рабства, когда люди были проданы, как товар?"-

Но, он вопреки, заявляет глубоким, но, строгим голосом: "Ты ошибаешься, Флёр! Рабство по-прежнему существует! Потому, что я тебя только что, продал! Кажется, вы наивно не знаете, что моя семья задолжала большую сумму денег Лидеру Племён! За время, что в я был зарубежном. Но, в момент мы вернулись из-за рубежа, Хозяин затребовал оплату назад, на получение кредита. Но моя семья была не в состоянии отдать ему, такую сумму..."- Мбеки замолкает; кивает головой, чтобы глянуть на Флёр; и, выплёскивает всю подноготную: "Что касается легальности нашего брака, оно не распознаётся Законом, на фоне большинства в нашем сообществе.

'А, также в Племенах: наш брак является незаконным!"- Она же пребывает в шоке при слушании такого откровения; при чём её глаза широко открыты.

Осмелившись бросить вызов, Флёр вырывает кошелёк из рук Мбеки, готовая умчаться. Проходя мимо, сквозь толпу; где он тоже стоит с остальными из клана Менринга.

Флора же, чувствует себя ошарашенной; это выглядело, как будто Мбеки хлопнул её по-желудку, крышкой трубы. Рыдая, она таким образом призывает Мбеки к жалости, но, не была в ладу: "Я не могу поверить, что я только что услышала? Если решение было принято, вот так? У вас нет моральных прав, решать, за меня? Это моя жизнь!"-
Она непосредственно отступает в сторону от места; делает шаг, что означало её отчаяние: "Пойдём домой сейчас, и ты верни мне мой Паспорт! Я покину твоё жилище сразу же, чтобы вернуться к себе, на родину!"- Тут наблюдается, как Мбеки реагирует весело; когда он бормочет к ней: "Я не могу этого сделать тоже. Понимаешь, я - твой хозяин! У меня есть власть над вами! И, я продал ваш паспорт за компанию с вами! Это была цена, и, я хотел заплатить, чтобы богатый владелец списал принадлежащий в займы, у моей семьи!"- Здесь наступает молчание. А, его голова клонится в сторону; он продлевает, сам будучи мрачный, и, говорит так: "Вы не имеете понятия, что вы больше не моя жена? Флора, моя красавица, прекратите игнорировать тех, просто идите! Уходи с этими туземцами! Это - для вашего же, блага!"-

Слушая аргументы Мбеки, Флора заплакала сильнее, как - угорелая; и, тут выясняется всё сразу: что было сказано, как бы шокировало её; похоже, она была наивна, доверяя ему.

Флора только лишь сейчас, приняла мудрость, как должное: "Учитывая то, что произошло? Но, если я буду сопротивляться им, кто выглядят физически и, мускулисто-сильные мужчины, чем я, со-своими слабыми областями тела, они - словно гиганты?"- В этом месте Флора глубоко вздохнула; затем задумывается о многом, будто она обсуждала мысленно: "У меня нет выбора кроме, как принять утверждения тех незнакомцев. Местные жители создают через свои правила! Это было бы утверждено меня заполучить?"- Ликвидация, как сохранять терпение, также было знакомо Флёр и, как действовать: "Это может принести мне больше вреда, или хуже существования, поставить под угрозу мою жизнь? Учитывая тот факт, что ни единая душа, которые стоят тут, могу поспорить, не пожелают совсем постоять за меня, да и, защитить?"- Теперь Мбеки усмехается, следом он дует поцелуй в сторону Флоры.

И так, решено на месте, в ходс возникшей ситуации: опа предпочла...

Флора была размещена в идентичный джип к тому, что она видела однажды, когда гость приехал некоторое время назад к Мбеки, и, который, здесь гнал вдоль по шоссе. ...До сих пор, Флора необходимо больше мужества для её судьбы. А, её мысли быстро бегают; когда, она погрузилась в ситуацию - на данный момент.

Действуя, она как было в мыслях: "Какие требования новый хозяин имеет ввиду? Учитывая, я никогда не встречалась с ним, или у меня с туземцами были деловые отношения?"-

Чуть позже, одним махом, в разгар поездки, джип с Флорой на борту, быстро останавливается; так, как возникает ситуация, когда, чья-то машина перерезала путь, для джипа и с точки пересечения, чтобы быть возможным это блокирование.

Так что, похоже - движение останавливает целый конвой машин; а, вспышка фар, при превышение скорости автомобилей, которые были, ослеплены.

Последовало, что незнакомцы со вспышка фар, стали мигать фарами, в сторону джипа, где и она находилась.

Ну а, Флора усмехается, запустив в этой точке; но она знает, что: "Было бы безопаснее, убежать сейчас?"-

Как выяснилось, её надежды полностью развеялись; Флора сидит рядом с теми врагами, на переднем сидении, которые уже включили зажигание.

Без промедления джип укатил, при гонке через сломанные дороги; и, вне, по-шоссе; которое предстало на вид, в плохом состоянии, протолчена. Эти пробелы, что при фетровых подскоках, больно отдавались во-внутренних органах Флёр, и - в её мягких тканях.

В то время, как, джип вскоре исчез, под покровом ночи.

ГЛАВА 14

Вечером того же дня, в доме Менелики, Флора, по-странным стечениям обстоятельств, напугана, особенно после того, как недруги разместили её в подвале...

Там она нашла, по-меньшей мере, ещё пять других женщин и, одну девочку, между ними. Флора примечает, что женщины имели в наличии лишь одеяла, которые были разложены, внизу на полу, перекрытые несколькими тряпками, да, ещё без матраца, по-сему там, ощущалась твёрдость, для них, лёжа том на земле. Она лишь надеялась, чтобы стать на короткой ноге с другими женщинами там; учитывая, что она ищет доказательства того, что отходит; к тому же, Флора напряжена: "Что чёрт возьми, случилось с теми женщинами?"-

Заранее, Флора затсиваст беседу с одним из охранников, так или иначе склоняя тему к хозяину Менелики; расспрашивая его с любопытством: "Слушайте, служивый, как зовут хозяина? Вы что работаете тут, охранником? Не так, ли?"

А, первый охранник высокомерно, отвечает по-французски: "Да, я тут работаю. Наш руководитель назван в честь того, кто с бывшей славой страны был император Менелики..."- Флора сейчас выглядит, как будто удивляется, и, всё же, произнося иронично: "В самом деле? И, что так преданно тот экс-диктатор Менелика, сделал смелое?"-

А, Охранник поднимает голову; и, искоса смотрит на Флёр. Потом, он направляет беседу в другое русло: "А, как тебя зовут? Ты ведь новая девушка, которая только что, прибыла?"- Но, Флора кажется, как бы потеряна в море: "Меня зовут Флёр. Да! Но, это ошибка?"- Хотя, здесь первый охранник говорит строго по-французски: "Никакой ошибки! Вы - новая жена хозяина Менелики! Вот почему, вы должны знать: исторически Мастера звали со-смыслом, что было проверено временем, когда Менелик добился независимости для Африканского народа!"- Теперь Киквете перебивает её; следом, слегка пинает Флору, чтобы напугать её. Охранник по-имени - Киквете, кто заткнул сейчас Флёр, со-словами предупреждения, что надвигается? А, первый охранник будучи весь на нервах, говорит по-французски: "И, не доставляй больше проблем, расспросами! Перейдите в другую комнату, пока вас не позвали! Вы, поняли?"-

Тем не менее, в доме Менелики вечер уже наступил; тут Флора теряется в догадках, о далёких временах, где с ней произошли дела, в той стране, где она родилась...

Неожиданно Флоре перебили мысли так, как её вызвали перейти в другую комнату.

Она, тем временем, следует за охранником извне, по-всему коридору, чьё имя оказалось был - Киквете, кто предстаёт: в возрасте среднем, или в свои поздние тридцать лет; он мускулист; и, способный на любые виды жестокости. Киквете казался лояльным к Менелики; и, тут улавливается на слух он говорит по-французски, или, на диалектах широкого выбора, на которых местные жители общаются, по-всей Африке.

Входя в комнату, пятнадцатью минутами позже, Флора замечает мужчину среднего возраста, который тоже являлся с Африканской внешностью; видно, как остальные тут, оказались охранники, хотя они и исполняли обязанности слуг для Менелики. Перейдя к особенным чертам пожилого человека, кто предстаёт коренастым; оказывается этот мужчина - Хозяин Менелики. Здесь внимание приковано к его рвению, когда он глядел на Флёр; даже если она и, выглядела на грани срыва. А, Флора тут спрашивает робко: "Г-н Менелики, почему вы приказали мне прийти? Я - замужняя женщина! Ведь уже позднее время, после полуночи, сейчас..."-
  Флора сейчас пытается было ускользнуть за спиной бандитов; а, Менелики останавливает её. После, сжимая ладони, он глубоким голосом, с акцентом; и, на английском языке: "Ты есть моя собственность, и, под моим контролем! Да, Флёр, ты будешь мне повиноваться!"- Но, его ответ, по-воле судьбы, привёл Флору в состоянии неуверенности; видно, что она стало быть, упала духом. И Флора тут же замирает на месте, будучи робкой.

Менелики сейчас видно за компанию с группой гостей, которые показались мятежными. Когда же, Флора пытается сопротивляться хозяину;

и она тут же делает попытку бежать из той странной спальни, в связи с тем, что она ощутила напряжённость.

В то время, как остальные бандиты без-звука вышли вон; а, Менелики напротив, остаётся тут в спальне. Он тут поворачивается, сталкиваясь с Флорой, а, эта последняя инертная; но, всё же, ему нравится быть с нею с глазу-на-глаз...

Там же, Менелики вдруг вытягивает пояс из своих штанов, и по-прихоти, ударяет её! Избивая по-верхним суставам Флоры; следом сверху по-левой ключице, от чего у неё стало болеть. Она мгновенно падает вниз на ковёр, расстеленный на полу; и, ощущает, что Менелики бьёт её! Нанося удары по ей снова и снова.

По-прихоти, Менелики тут залезает на неё; а, его руки стали срывать с Флоры одежду стойко, затем он сбрасывает вещи вниз. Он затем. толкнул Флёр так, что та стала катиться вокруг, и - по-полу. Ей сразу же доходит намёк о его намерениях, чтобы насиловать её. Теперь Флора запыхалась: "Ах, ты босяк! Отпусти меня!"- Менелики грудным голосом кричит на неё: "Замолчи, женщина! Лучше, если ты сдашься! Иначе вы будете наказаны, что не любите это!"-
Несмотря на сопротивления, Флора исчерпала силы, но, была в здравом уме. Вдруг, она почувствовала, что у неё в голове начало вращаться; а, в глазах на фоне тускло и расплывчато; оно тут же складывается в нечто большее; при чём Флора теряет сознание...

В качестве результата такой ситуации, множество ночей возбуждаясь, Менелики насиловал Флору; но, она - без малейшего понятия, входя в так называемую спальню мастера; при чём она, не была в состоянии защитить себя, от его жестокости и, насилия.

Однажды, Флора встречает Менелики у него, на заднем дворе, но, он тут же стала убегать быстро, до того, как он смог её видеть.

Хотя Менелики и его бандиты не знают о том, что, она подслушала их разговор во время, при этом, спрятавшись за столб дерева.

А, в это время Менелики спрашивает тихо; но строго, одного из слуг: "Кто из вас, подсыпает чтобы она вырубилась, в питание, для этой новой белой девушки?"-
А он тут же назначил одного из бандитов; и, поднимая вверх палец правой руки; при чём, Менелики командует ему: "Продолжай, делать тоже самое, с питанием..."-

После всего, Флора принимает жёсткую позицию того, что она услышала ранее: 'Так, что те бандиты соблюдают приказ Менелики?'-

В результате чего, Флоре стало страшно, и - застыв на месте; она тут молча даёт себе знать; при этом со-своим отношением, но, бледна:

"Как такое невероятное могло произойти? Причина всех бед, что недруги вводили мне наркотики, и, они разводили опиум в пищу? Так, что такого эффекта Менелики получил что хотел, и, при моих галлюцинациях? Милостивый Боже, приди на помощь?"-

Узнав об их откровениях, Флора становится бдительной с этого дня - не принимая, когда ей подносят, приготовленную ними пищу.

Находясь в подвале, вопреки всему, Флора пыталась держаться изо-всех сил, в основном ночью; и, сопротивляясь требованиям Менелики, в попытках овладеть нею, он достигал своего, и насиловал её, часто.

Не раскрываясь, она действует последовательно, чем могла препятствовать, чтобы себя - побеспокоить.

Умышленно заводя в заблуждение громил; она бывало устраивает бандитам приколы, и, притворяясь, что спит, в ту же секунду, как только они замаячат...

Итак часто бандиты следили за ней, больше, чем за другими женщинами, которые обосновались в подвале, наряду с Флёр.

Из всех бед, что существуют, Флоре пришлось было пройти через, да ещё в придачу, она страдала от голода...

Тем не менее с большим количеством оплеух и синяков, остающихся на теле у Флоры, что предсказывали безвыходность её ситуации, в которой она очутилась.

Но, она проходит к заключению: "Это лучше, чем стать секс-рабыней для чудовищного хозяина!"-

В мгновение ока, у неё следует переполнение памяти: она находится в университете Нью Хейвена. С чётким изображением в её разуме того, что в иллюзиях проходят сквозь воспоминания...

Уже после того, как Мбеки ушёл, Фридман находясь в зале, стал консультировать её по-теме. А, она дышит глубоко; и, тут же вовлекает его в разговор. Здесь голова Фридмана склонилась в сторону: "Мисс Уитмор, мне любопытно, как долго вы двое встречаетесь? Мне кажется, вы близко связанны, только некоторое время назад?"- Флора же, ошеломляется; но всё же говорит спокойно: "Нет профессор, мы встречаемся почти три месяца. Я даже ушла из дома, чтобы быть с Мбеки, в общежитии!"- Флора тут вдыхает, похоже, что была расстеряна: "Но, в этот момент, пребывают трудные времена для нас обоих, финансово. И, всё-таки чувствуется, как бы для Мбеки и меня будет на вечно! Каков ваш взгляд на это, профессор?"-

А, он склоняет голову, будучи ошеломлённый: "Кто знает? Как долго трудные времена могут длиться? Фундаментально тут то, что ожидает впереди вас обоих? Мисс Уитмор, вы любите Мбеки?"- А, Флора, наоборот - возбуждается: "Конечно, профессор! Я могу сделать всё, чтобы быть счастливой с Мбеки"- Останавливаясь говорить; Флора дышит глубоко; как будто была любопытна; и, она тут же продлевает: "Почему вы спрашиваете, профессор?"-

Теперь Фридман снимает очки, смотрит ей в глаза; и, ставит линзы обратно: "Но, любит ли он вас? Принимая во-внимание, что любовь - сильная вещь! Время от времени это чувство может ослепить, и мы западаем на него! И, на пути теряем наше слияние!"- Сейчас он затихает; и делает вдохи; и, заглянул ей в глаза, он повествует: "Но, на каком-то этапе жизни по-воле судьбы, человек может оказаться, либо на небесах! Либо дойти до точки, когда его могут сбить на колени, и мы окажемся в Аду! Тем не менее, мы можем вернуться к переработке результатов ваших экзаменов? Все очки вы получите на моём факультете, на которых должно быть сосредоточено, всё внимание?"- Она здесь выдыхает: "О, да, безусловно, профессор!"- А, Фридман глядит ей в глаза: "То, чем я глубоко обеспокоен, мисс Уитмор, что ваше недостающее желание учиться, пошло вниз? Я не усматриваю истину тому, что является причиной ваших любовных похождений с Г-ном Менринга? Я также знаю, что у вас есть талант, чтобы быть доктором медицины. Я следил за вашими успехами в течении нескольких лет. Это - важно для вашего успеха, Флора, поскольку вы - выпускница!"-

Он этот миг, замолкает; качает головой, так, будто бы недоволен; и, тут его продление: "Теперь я не уверен, что вы горите желанием, чтобы превратить свою учёбу в карьеру, Флора?"-

Но, она обеспокоена; и тяжело дышит от неловкости, когда, отреагировала: "Вы заблуждаетесь, Профессор! Я хочу стать доктором! Но, моё счастье, также важно для меня! А, сейчас, если вы меня пардон, профессор, я удаляюсь? Нужно - бежать!"-

Фридман же, снимает очки для чтения снова; видно, как он протирает преднамеренно линзы, в нарушении тишины.

А он заглядывает ей в глаза, и, спрашивает, мирно: "Мисс Уитмор, я надеюсь, вы поняли намёк от моих консультаций, здесь?"-

Когда Флора уже стоит у выхода, её голова склоняется в сторону, до того, как выйти, реагирует в ответ, иронично: "Да, уж, профессор! Ни для меня, те слова не могут быть, никак средством!"

Теперь возвращаясь к реальности Флора кратко вспомнила, как она имела разговор; и это доставляло ей радость, по-среди отчаяния.

По-крайней мере неделя или две проходит. Здесь, в поле зрения попадает Флора, исполнявшая грязную работу на переднем дворе, принадлежавший Менелики; и, она ему подчиняется а, также тем бандитам.

Она обычно избегает, чтобы напоминали; в основном от Менелики.

Иногда она бывало убирает дерьмо после птиц в паче, или на земле. Затем, в она копается птичьих клетках, освобождая от грязи; и, отверстия, куда попадает гумно, вышедшего за двери.

Кроме того, Флора там, или на лугах разгребает сено; видно, что пороша там бывает доступной, находясь, на расстоянии вытянутой руки.

Ещё десять дней проходит; и, можно наблюдать, как Флора старалась на тяжёлой работе, трудясь, во-дворике Менелики, без чьих было напоминаний о том и - от кого-либо.

Позже, по-ходу времени она бывало начнёт призывать мысли: то, о чём её сердце научилось помнить: родителей и друзей. Вдруг, стало видно, как слёзы льются из её глаз вниз по-щекам.

Возврат в реальность: из ниоткуда странный голос с диалектом, нанёс удар Флоре выше локтя; и, закончил избивать по-бедру это -сразу привело её в реальность. Восприятие звука идёт от голоса одного охранника Менелики, что дебоширит, и, он жесток по-отношению к ней, и, кричит по-французски: "Эй, женщина, не останавливайся! Продолжай работать, иначе ты будешь наказана!"-

Однажды на рассвете, Флора просыпается в подвале, когда воспоминания кружили в её мыслях , она пребывает в доме родителей. Даже не осознавая, где могли другие быть, Флора стала вспоминать, какой была её цель, в те времена; и, она бормочет про-себя:

"Так я и, не дослужилась до уровня, моих товарищей, в то время...?"- Как, вдруг ей доходит что-то, и она берёт в толк: "Бинго...!"ъ

Находясь в подвале Менелики, как-то под-утро, было что-то необычное: какая-то сверх-естественная сила, толкавшая её, с помощью мудрости, к выживанию, приходит к ней из не-бытия; и, из космоса, которое она вдыхает полный смысла, с рефлексом?

Флора бывало толкает себя до предела, чтобы выполнять двигаясь в прыжке: перевернувшись назад и, вперёд с сальто, подпрыгивая она, приземляется; там с помощью сеансов йогу.

Но, Флора потеряла счёт времени! Несмотря на отсутствие в знании языков тех народностей; она приглашает всех женщин на беседу.

К её неудаче так же, как и, те женщины, она ищет верных подруг. Горя желанием, Флора заговаривает: "Я так, как и ты - в неволе. Я, как и вы тоже ненавижу насилие, с мёртвым набором и, против мародёров? Так? Понимаешь ли ты, что я сказала?"-

Так надоели ей страдания - это заставило её взяться и, заниматься тренингами йоге, довольно часто.

ЧАСТЬ - IV

РИСКОВАННЫЙ ПОБЕГ

ГЛАВА 15

Как-то, на рассвете, Флора выполняет тяжёлые упражнения в подвале Менелики то, что она, как правило делает на ежедневной основе...

Вдруг она слышит внезапный шум, от приблизившихся эхо-сигналов, что исходят от тех дрожащих голосов, что прикрыты потрясениями.

Тут Флора делает остановку тут же; по-этой причине, она оглядывается, в поисках намёка: "Ладно! Мне нужно остановиться, сейчас же!"-

Теперь она прислушивается настороженно; откуда идёт восприятие звука тех голосов со-стороны извне; где она замечает тяжёлую дверь та, что, как правило была заперта только сейчас выяснилось, что она полу-открыта.

По-этому случаю Флора переживает: "Что за чёрт? Дверь-то тут, открыта?"-

Не теряя ни секунды она осторожно перессает, где огляделась. Первым делом, Флора стала сбегать по-лестнице; и, там же, рядом поднимается наверх; а, затем - она проходит через аилы.

Потом, Флора идёт в сторону комнаты, служившей кладовкой. Таким образом, она оглядывается по-сторонам, чтобы убедиться, или там кто-то есть? И, здесь Флора выходит на...

Тем не менее, Флора подбирает одеяло, и покрывает свои плечи, и, перемещается ближе к просторному помещению.

Теперь проходя мимо коридора; при чём Флёр шла быстрой походкой, но, чувствовала себя взволнованной.

Как только она оборачивается, чтобы глянуть вокруг; и, убедившись, там нет ни души, она заходит в кладовую; при этом, она бормочет:

"С каждым дюймом при движении я могу слышать биение своего пульса, парящим..."-

Теперь, она проходит мимо, минуя тяжёлую дверь; и, оставляя позади тёмный переулок, в коридоре.

Внезапно остановка, в панике, после того, как Флоре доносятся звуки разговора, с какого-то места, где находились те бандиты...

Так Флора прогуливаясь молча; и, ищет место, где спрятаться...

К её изумлению там появилась баррель, которая была спрятана в месте, как будто ей на удачу: "Мне привалила удача! Я нашла кладовую! А, там есть бочка, куда можно спрятаться?"-

Здесь она быстро открывает в нём крышку; залазит внутрь бочки; и, тут же сворачивается в позу эмбриона; обворачивается пледом, а уже тогда, покрывает себя сверху крышкой от сосуда.

Неожиданно она застывает в барреле так, как там она оказалась окружённая, темнотой.

Кратко доносящейся отголоски, приближались в пределах досягаемости к тайнику, где бочка; и, где внутри сидит Флора.   К её удивлению, в порядке выбора, те недруги уже было пытались поднять верх ту бочку.

Теперь она чувствует, что её бочка поднимается; но, восприятие звука от её вопля было глухим; тогда, как недруги, при нескольких попытках мучились, чтобы переместить её; и, при этом слышался голос бандита: "Послушай, тебе не кажется, надо идти на свежий воздух, так, как я чувствую бочку надо бы вытащить туда, но, она набрала в весе?"- Следом за ним говорит другой к нему так: "Кого это волнует? Мы только выполняем нашу работу!"- А, первый бандит, на сей раз, хранит молчание.

Наблюдается, как туземцы сейчас стали передвигать эту бочку прочь; вместе с молчаливыми идеями Флоры; и, вот так она думает: "Вероятно они несут мою бочку, навсрх?"-

Теперь она более спокойна; всё ещё тревожно ожидая: "Какими будут действия тех недругов, которые находятся в движении?"-

И, они, перемещают её, сидящую в бочке - на улицу. Всё ещё в бочке, она уже помещена на твёрдую поверхность грузовика; где, она говорит сама к себе: "Кажется они поместили мою бочку на заднюю часть автомобиля?"-

...Она теперь, вздохнула с облегчением, когда грузовик отъезжает, и, уже теперь, набирает скорость.

И, хотя грузовичок проезжал, без каких-либо предупреждений, будучи подверженной опасностям...

Между тем, она пытается открыть крышку, утверждая: "Только Бог знает почему, крышка не открывается?"-

Наконец, она при-отрывает крышку посмотреть, что происходит на свежем воздухе; не забывая дышать лёгкими, и набирая, при том полный рот кислорода: "Наконец-то! Спасибо, тебе, Господи!"-
Пока у Флоры получается оторваться, и быть свободной...

Учитывая, что водитель увеличивал скорость, когда держал курс, но, кто знает куда? Небрежное путешествие грузовика вдоль и, по центральному шоссе...

Если вы не в курсе дела - таковым является существование для простых Африканцев.

Заглядывая в боковое зеркало, что в кабине водителя, взгляд Флоры падает на двух мужчин внутри, где один управляет рулём.

Тогда-то, водитель единственный раз мельком глядит в верхнее зеркало машины назад; вдруг, там отражается образ Флоры. Это его поразило; выбор в пользу и, он говорит своему помощнику, так, как он - встревожен; а, по-сему он произносит по-французски: "Посмотри, вон там, позади, находится женщина?"-

Но, второй недруг, сидящий в кабине машины, рядом с водителем, похоже был возбуждён: "Нет! Этого не может быть?"

Как рысь он вращается вокруг, когда вдруг поймав взгляд Флоры; и, супит брови, просматривая сквозь. А, второй встревожен, высказываясь, по-французски: "Джамал, теперь мы по-уши завязли в дерьме! Менелики ещё разберётся с нами...?"-

Немного спустя во-время поездки, внезапно по-среди дороги водитель машины неожиданно стал замедлять, и тут автомобиль останавливается. Теперь наблюдается, как недруги покидают кабину машины; при чём, они сумасбродно приступают к разборкам с ней.

Тот факт, что водитель и другой недруг запрыгивают в кузов, и уже к этому моменту схватили её. Они тут заняты дракой сверху, на кузове.

Видно, как Флора, сопротивлялась грубым рукам тех, и вопреки их зажатий. В тот миг, как недруги подняв бочку с Флорой внутри, тут же на ходу, вытаскивают её извне; тот факт, что они стали растягивать, и, следующим действием, связывают её конечности, ремнями.

Эти резервные враги, испытывая удовлетворение, держать палец в позиции вниз - к полу, против Флоры; где её существо, лёжа на спине, в задней части машины, зависимо.

Несмотря на её крик отчаяния, при чём, она ещё сопротивлялась грубым рукам тех, кто проигнорировал страдания Флоры, как бы продолжает дальше её мучать.

Вдруг один из недругов ударяет Флору, потому, что он был раздражён, когда он стал реветь: "Ох, вы - настоящая сука! Вы думали, что через ваши попытки, вам удастся избежать быть пойманной, нами?"-

При курсе вождения, следующей остановкой грузовика должна быть на автомагистрали, и прямо, перед конструкцией, напоминающей громоздкое сооружение хранилища (склад) для хранения в нём.

А, на автомагистрали, внезапная остановка, на этот раз грузовичок находится перед здания, напоминающее, где оно рядом с ним.

Теперь в поле зрения попадают те недруги, из машины, которые тут находятся, прислушиваясь, испытывая недоверие к ней; но, они, взаимодействуют, когда они говорят с кем-то по-Французски, что Флоре принесло облегчение.

Тот факт, что, она мужественно берёт ситуацию в свои руки, чтобы получить помощь от иностранцев, стоящих наряду с ней.

Через жестикуляцию рук, она находится в отчаянии; при чём, похоже ситуация для неё это, как бы желание поведать свою историю: "Прошу прощения! Но я услышала, как вы говорите по-французски? И, я тоже могу говорить, господа!"-

Незнакомцы в шоке от того откровения, что она понимает их язык. Они внимательно слушают её, будучи поддельно невинные, что она должна была рассказать им в своём отчаянии, в нарративе...
На сей раз один из них движет веками глаз, намекая, чтобы её развязали.

После, как только Флору развязали, под непосредственным командованием, при чём уставившись, один иностранец глядит на неё так, будто изумлён; обращаясь к ней, по-французски: "Кто - вы? Как вы попали в наш грузовик? Откуда вы прибыли? Почему вы..."-
Он глядит на неё, что-то похоже, как бы ему дошло: "Я тебя разоблачил? И то, что я вижу здесь, ты ведь не отсюда родом? Не так ли, женщина...?"-

Внезапно, нечто огромное высветилось там, повлияло на Флору - приводя её в движение, но, без завершения ею истории о себе...

Вдруг, откуда ни возьмись явилось транспортное средство, управляемое при вождении, и сокращает расстояние между стоящей Флорой и, теми, сидевшими внутри, у неё на хвосте в автомашины.

Как только она поворачивает голову, где слышится - бац снаряд с гулом, там, где по-ширине, находясь в задней части автомобиля, что-то приближается.

Вдруг, мгновенно, поверхность земли стала расти всё там приводит к беспорядку, из-за преследуемой их машины.

Чтобы доказать, что она не ошибается; хотя видно Флора расстроена; но, она срочно умоляет пришельцев: "Я знаю одного из тех бандитов, в машине, позади, они Менелики помощники! Я была порабощена им, в течении какого-то времени! Пожалуйста, помогите мне?"-
Когда же Флора крутанулась в сторону, где - те бандиты, которые при вождения, приближались в непосредственной близости к ним, сзади.
И, тут Флора указывает на них; при чём, умоляя их вновь: "Я только прошу вас, дать мне возможность бежать? Все вы должны сейчас же уйти отсюда, как один!"-

А, иностранец взбудоражен: "К сожалению женщина, мы не можем! Иначе мы будем обречены...!"-
Теперь её мысли бегают быстро; поскольку она не могла терять ни секунды...

Оборачиваясь в сторону, к счастью для неё, машина вблизи размещается, там. А, она, без лишних слов начала бежать к автомобилю.

С расстояния она заметила ключи от машины, которые были вставлены в зажигание. Вынув их, Флора тут же опять вставляет ключи от машины - в зажигание, и, тем сам она завела авто...

Внезапно один среди тех недругов, которые привезли Флору сюда, быстро открывает заднюю дверь машины; и, запрыгивает на переднее сидение пассажира, где сам садится, рядом с ней.
Но, Флора тут же жмёт ручное управление вверх; и, плавно заводит машину. Когда она нажала на газ ножного тормоза, и, в тот же миг увидела, что зажигание включилось. И, машина Флоры стало отъезжать; и, в настоящее время уже набирает скорость.

Джамал между тем, бросает вызов Флоре - пытался остановить, и, отвлекая её от вождения. Тогда-то он решительно и схватил руль из её рук. Он - Африканец сильнее чем она, и, он - мужик, хорошо сложён, по-имени,

Джамал; тогда-то он кричит, по-французски: "Ах ты, сука! Снизь, скорость!"-

Тут взгляд падает его золотой зуб, находясь вмонтированным во-рту; и, вот так показывается каждый раз, когда он выговаривает слова, или он открывает широко челюсть своего рта, много раз.

Флора, между тем, часто ударяет Джамала локтем в его грудь, чтобы столкнуть, или, чтоб у него потемнело в глазах.

Он вдруг, останавливается на секунду только, если он делает снова попытки подраться с ней. А, Флора вопреки здравому смыслу, рукой цепляется, за руль. При этом её нога лежит на педали ножного тормоза, увеличивая скорость, она давит на газ...

Потом, без предупреждения, один из бандитов, в машине-погоне, из тыла стал стрелять по-машине Флоры. По-сему, Флора на грани срыва, и, кричит на французском языке: "Дерьмо! Это - стало небезопасно для беглеца? Что же мы, будем делать?"-

Но, Джамал изогнулся вокруг, поглощаясь, тем самым из вида; и, здесь он с жестом, указывает на движущейся автомобиль, позади них.

Он. вдруг вынимает из кобуры пояса пистолет, и разрядив быстро; он тут же предстаёт: заряжая его магазин пулями. Теперь рука Джамала ложится на револьвер, и, он готов выстрелить в любой момент, из бокового окна машины...

А, те в погоне за ними, приближались в непосредственной близости к ним; а, Флора совсем наоборот, увеличивает скорость.

Напрасно Джамал, сидящий рядом с ней, прежде был в оппозиции к ней; теперь зовёт себя Буди, и, находится в движении: "Флора, ускоряй! Ты и я, должны держаться едино..."-

Но, она глядит с сомнением; хотя и, не слышала, о чём он говорил. В сложной ситуации, она находится под-напряжением: "Что ты сказал? Я тебя совсем не слышала?"- А, Буди теперь кричит во-всё горло: "Что, нам надо держаться, как один! Прибавь, в скорости!"-

После того, как всё разрешилось, он стал ей предан. Его кличка, Буди – Дружок, и, это возникло от его настоящего имени Джамал Коршел. Буди родом отсюда; но. по-возрасту он - в свои средние тридцать лет; высокий и мускулистый. И, всё же он действует при любых формах насилия, если требуется; более того он бывший мародёр.

По-воле судьбы, эти двое были вынуждены бежать от опасности. На сей раз и на месте Флора начала знакомство:
"Я - Флёр из США, но, вы можете звать меня Флора! А, как насчёт, вас?"- Хотя у Буди нервная улыбка, но он гласит с сожалением: "Моё настоящее имя Джамал Коршел. Но, для вас я буду звать Буди, хорошо?"-

Флора же соглашается, кивая головой, всё в один раз, двигает головой в сторону, при этом она не теряя из виду путь: "Хорошо! Ты говоришь дело, Буди!"- Сейчас Буди, будучи любознательным, задаёт ей вопрос: "Что ты здесь делаешь, девочка?"-

Пока Буди находится в положении нацелившись, когда он стал стрелять. На месте Буди вдруг, стал резким, как только поворачивается в сторону, он гласит: "Эта ситуация выглядит нечёткой, но, рискованным испытанием, чтобы мы могли избежать его? А я буду тебя прикрывать, Флёр!"- И, тут же внимание привлекает Буди, стреляющий там, из оконного стекла машины; и, он продолжает выпускать пули в сторону авто бандитов Менелики...

В тот миг, преследуемый автомобиль вместо того, сопрягается с машиной двоих бывалых; давит на газ, и на большой скорости - таким образом, осуществляет цель, чтобы достичь машину Флоры.

Когда же, Флора проверяет спидометр машины, что показывает - 85 км... 87 км ... −, и, скорость продолжает подниматься вверх, по-шкале.

Тем временем, бандиты сидевшей в машине на хвосте, набирая скорость, преследуют Флору с её новым напарником, в своём автомобиле, с намерением, чтобы поймать дуэт. А, первый охотник на фоне эти двое, в машине, несётся в сторону Севера, и - к Плато.

Вдруг, Буди останавливает авто; принимая во-внимание, что одна рука его лежит сверху на руле; когда, другой рукой он цепляется сбоку, за управление.

Теперь гласит второй охотник, но, злится; при этом он кричит, будучи весь на нервах: "Они быстро убегают! Но, эта сука держится на треке!"-

Когда, следующий раз Флора провсряет зеркала машины, её взгляд, вдруг падаст на тех двоих, сидящих, на хвосте задней панели их автомобиля; когда они подъезжали в непосредственной близости к ним.

Буди в бешенстве из-за ситуации; при этом, по-логике, он предложил: "Они ускоряют и уже близко, преследуют нас на машине, позади! Эти бандиты приближаются! Глянь, они уже недалеко, а, ты держи управление рулём, и, жми на газ?"- И, она выкрикивает, но, её глаза - в состоянии боевой готовности: "Друг, каков твой взгляд на внешний вид..."- Но, здесь товарищ Флоры срывает её с мысли; указывая рукой на дорогу; и, в тоже время, предсказывая, что может их ждать впереди. Буди, также говорит громко: "Переходи на другую линию, быстрее! И, не сходи с пути, чтобы быть сбитой, охотником. А, я смогу перерезать на убой тех бандитов! Не чего бояться, Флёр!"-

Внезапно взрыв - бум! Восприятие звука от эхо-сигнала. Здесь, этот дуэт наблюдал с широкого пространства там, где руины взлетели в воздух, и, за его пределы.

Посещение руин тогда и там не осталось без внимания последний взрыв, и, в нарушение серой пыли, что поднялось вверх.

Флора, тем временем, сидит возле Буди, будучи накалена до предела. Сейчас автомобиль уже ведёт их к шоссе.
Вдруг слышится, как прогремел ужасный взрыв! Взрыв! Бум!

Следующим второй и, тот взрыв массивный, по-масштабу! Воздействие! Вспышка! Наблюдается, как здание гаража трясёт от медленного движения, и, полученных сотрясений; оно затем, падает на землю; где металл был уничтожен. Вспышка света - в блиц. Взрыв тропы, и плюёт, пока исчезает тускло сквозь индикатор дыма.
Флора в тот же миг, бормочет, находясь в страхе: "Что случилось с людьми? Какого чёрта они стоят несколько ярдов отсюда, Но, только лишь двое из них, остались в живых?"-

Сейчас её напарник спаривается с ней взглядом на руины, что распространились меньшей дозе, предусматривая на расстоянии по видимости дыма.

С точки зрения Буди несчастный случай оставили опечатки ужаса; по-сему, он дёргает Флору за рукав. При чём он мрачен, произнося по-французски: "Послушай, девочка, поверни обратно (вернись) и, брось ещё один взгляд туда. Поскольку видимость ужасно плохая, впереди!"-

И, она тут же, делает скорейший разворот назад; но, беря во-внимание, что она вцепилась в управление руля через; вместо того, снижает скорость, по-причине беспорядков.

В этой ситуации со-стороны Флоры недостаток внимания к тем, преследующим, позади их панели, в автомобиля.

Тем временем, дюйм за дюймом она сокращает разрыв между её машиной противовес двигателя тех бандитов; так что, она набирает скорость.

Вдруг Буди дико вытягивает с висящего на поясе бедра запасной пистолет; и, прицеливаясь, через лобовое стекло, он стреляет в сторону охотников, находящихся под прицельным огнём; даже, если латентная пуля и прошла, мимо цели.

На каком-то этапе сражения, через перекрёстный огонь, они борются с силой; и внимание приковано к тем, которые приводят к чрезвычайно неприятным последствиям, для соперников.

В то время, как Флора разглядывает, её попутчик, внезапно был ранен; и, в такой ситуации, она...

   По-сему Флора непосредственно предлагает Буди, который к настоящему времени, стал её новым союзником; она высказала свою точку зрения, на эту ситуацию…

А, пока Флора отрывается, от сидевшей у неё на хвосте авто, но, интенсивно: "Послушай, Буди! Давай, меняться сидениями?

'Позволь мне, нести ответственность за хаос. Я буду выполнять то, как надо, разряжу магазин, и, тогда я буду стрелять из твоего оружия направляя дуло на врагов, без промедления?"-

Даже, если Флора не была подготовлена, но, держит управление руля; а, её глаза концентрируются прямо, поглядывая на дорогу.

Здесь она говорит так, как бы с капризом: "Я ещё никогда не была вовлечена в реальный бой! Да и сам я, никогда не вступала в такую опасность, чтобы пройти через месть!"-

Флора всё ещё находится в центре неприятных событий; но, она не была поймана в перекрёстном огне; хотя это и затяжные действия, но, обеспечивают ей, собственную безопасность.

Здесь Буди ухмыляется: "Давай же, будь храброй! Ты можешь справиться с ситуацией!"-

В то время, как, она хочет позаботиться, Буди перекладывает свой пистолет ей в руки. Так она должна научиться быстро стрелять, что, было предназначено для ситуации, известной-как...

Здесь внимание приковано, как она стреляет из пистолета, и, прямо - в цель.

Перезаряжая магазин пистолета дополна пулями, Флора здесь приняла позицию для стрельбы, прицеливаясь; и, стала стрелять, чтобы защитить обоих, сквозь лобовое стекло авто, на машину, сидевшую у них на хвосте…

…Пока шла перестрелка, при которой Флора догнав, застряла на пути, между обеими сторонами, вопреки головорезам Менелики.

И, всё же Флора напряжена, и, спрашивает его по-Французски: "Тут столкновение против бандитов, которые нас преследовали! Но, как узнать, о их чёртовых планах, чтобы они провались?"-

Вопреки, и, на одном дыхании, при эскалации, со всеми вытекающими эффектами, Буди тут на грани срыва: "Наш путь, как бы отрезан ними?"-

Хотя разрыв между Флоры и Буди авто, против бандитов в преследуемом автомобиля, уменьшается, но, тут же - расширяется.

В то время, как пара активно оценивает своё стремление; станов менее раздражёнными; при чём, управляя рулём нон-стоп, и, мимо природного мира. Сейчас, Буди реагирует: "Посмотри, Флёр, мы достигли нашей цели! Стрельба из оружия уже утихла?"-

Вскоре, Флора наряду с Буди, подъехали к зоне недосягаемости. У дуэта плоская реакция, но, они не замечают погоню на хвосте их автомобиля, поскольку тот уже исчез.

Видно, как автомобиль Флоры направляется на природу, или граничащий с, и, через заднее лобовое стекло им в поле зрения попадает огромное стадо наряду с газелями, находящиеся издалека, в недоступности, которые скакали на скорости.

Разбросанные по-группам, газели проделывают путь галопом, с помощью чего, могут поравняться с машиной Флоры и Буди; и, уже теперь, те, превышают скорость.

А Флора была в восторге, когда она заговаривает с ним по-французски: "А, знаете, что Буди, здесь выглядит так, будто зверь преследовал стадо слонов за частую, наряду с газелями?"- А, он, напротив, напрягся, отвечая ей: "Вероятно. Но, мы никогда не будем об этом знать?"-

Буди здесь опирается головой о обивку внутри салона; и, глазами подаёт знаки ей, предупреждая: "А, сейчас, будь бдительна на дороге! Мы ещё не миновали опасность! Но, эта ужасная скорость газелей; так как бы, теми живыми существами предпринята попытка для победы в этой гонке, через их спринт?"-

На сей раз Флора глядит сквозь лобовое стекло автомобиля, в противоположную сторону, где можно запечатлеть вдали, на фоне одно стадо, состоящее, из двух десятков слонов, во-время их жёсткой ходьбы. В то время, как те млекопитающие торопятся, куда-то?

На каком-то этапе во-время побега, где-то у Плато, Флора садится рядом с Буди, который хватаясь за победу; бросает вызов преследователям, в их автомобиле.

Эта ситуация идеально подходит для дуэта: быть впереди преследователей, которые уже исчезли, из их поля зрения...

В этом месте, Буди что-то различает, и указывает рукой, подтверждая: "Я не вижу нигде автомобиля тех? Сейчас мы спокойно ведём машину, держась по-курсу, по крайней мере двадцать минут!"- Ну, а, Флора убеждена: 'Хорошо! Приятель, ты в этом уверен, в положительном результате?'- А, у него ответ такой: "Да, уверен! Нам повезло исчезнуть."-

В наступившие сумерки Флора вместе с Буди, примечают через зазор, надворье. Там открывается вид на примыкающий регион, в окрестностях Африканского, природного мира.

Первую остановку Буди делает вблизи холма, но, дистанционное от Плато.

Как вдруг, товарищ Флоры, указывает рукой куда-то, тем самым, давая понять; и, советует ей: "Смотри, там на пике, в одной из поверхностей, воздвигнута, как бы пещера! Нам привалила удача! Вот там, у нас есть шанс спрятаться внутри того, и отдохнуть?"-

А, Флора, промежуточно разглядывает окружение – кивает головой: "Если ты так говоришь, это - вполне приемлемо для меня. Я вижу, что вы знакомы с обширной местностью, здесь? А, я буду просто следовать за вами, дюймы..."-

И, они тут же начали восхождение на вершину того холма.

А, уже в тёмное время суток этот дуэт нашёл то место граничило, что с пространством, похожим на пещеру.

Эти двое деловых на месте приняли решение: как быть; и, стали обосновываться в пещере безотлагательно и, со-срочностью. Теперь Буди гласит с удовольствием: "Это место - просто идеальное для нас, чтобы пересидеть, на некоторое время?"- Ну, а Флора, горя желанием, наклоняется, чтобы показать: "Да, уж!

'А, я также захватила с собой пакет с аптечкой, чтобы нам подлечиться! Так, как вы знаете, мы страшно нуждаемся в том..."-

В ту же ночь, рядом с плато, находятся эти двое - в пещере, и они страдали от смертельной усталости.

Вот так проскальзывают в области конечностей у дуэта проказников, и, у кого в настоящее время, болят суставы от предыдущих столкновений, и, где замечены порезы и синяки на их коже.

Горячая рана беспокоила его, частично оно было в пределах мягких тканей, и там, где его ключица. Заметны, что были указаны на её теле порезы, и, со-значительными ушибами.

А Флора без промедления показывает полный комплект аптечки: "Посмотри, Буди! И, позволь мне сделать тебе временную перевязку, которая успокоит твою боль!"- На что Буди, поворачивает голову в сторону, к ней: "Как? У тебя что, имеются медикаменты?"

ГЛАВА 16

На рассвете Буди и Флора, находясь в пещере, спят крепким сном. Вдруг, какие-то чужие потревожили их сиесту…

С того времени, как бандиты Менелики, в чеканом автомобиле, преследовали этот дуэт; и уже они образовали круг, просматривались здесь, когда они стояли, переминаясь с ноги-на-ногу, сверху, перед глазами Флоры и Буди. Тот факт, что он и она находятся под наблюдением у головорезов, которые схватив дуло пистолета, направили на головы Флоры и, Буди; при чём они оба - в равной степени, мишени.

А Флора быстро вскакивает на ноги. А, Буди ей тут же шепчет, склоняя голову к: "Держись по-ближе, а я буду тебя прикрывать!"-

Внезапно один головорез ударяет Флору, она падает на каменный пол.

Но, она сопротивляется, когда продвигается, и, удар приходится этому бандиту, ниже пояса: "Ой!"-

Наблюдается, как Буди наносит удар за ударом по бандиту, но, в нарушение правил, враг бросает пистолет на землю…

Однако, недруг вскакивает на ноги и, приводит в ход удар против Буди.

Видно, как следом один из тех головорезов, хлещет кнутом, и, выбивает пистолет из рук Буди, и неоднократно хлопая по-руке этого последнего - по-краю.

137

Здесь стильное вращение между Буди и тем бандитом, они крутятся в обратную сторону.

Потом ещё бандит подскакивает и, ударяет своим локтем Буди в горло; тут же зацепляется, и наносит удар тому последнему между областью его лодыжки, в воздухе. Этот бандит при подскоке, делает частичное сальто в; и, тут же отправляя пистолет Буди, летать в воздухе.

Ситуация для этих бандитов, похоже, была не предвиденной, в тяжёлой борьбе, со-стороны Флоры и Буди.

Но, под-конец, эти бандиты начали терять выдержку с Буди; и, тоже самое - с сопротивлением Флоры...

Сейчас мародёры, в совершении преступления, хотят напасть сзади головы Буди, а, у него широкий блок; а, он на чеку, вызывающе, находясь в захвате конечностей бандита, где он сжимает его, в своих руках, замком.

Но, стрельба идёт вразрез, разрушаясь в писсуар. Такие действия причинили боль Буди; и, по-сему, он, уронил свой пистолет на пол.

Наблюдается, как поспешная ловушка устанавливается одним из бандитов, кто достаёт пистолет, и уже стреляет; видно, что пуля полетела прямо на Флору...

А. в этот миг Буди замечает, прыгая поперёк он, прикрывает собой Флору, тем самым защищая её от пули.

Буди теперь глядит с широко открытыми глазами на врага; и, при этом, пытается держать баланс, после того, как его подстрелили...

Огонь стреляющих шальные пули; наконец, смогли подстрелить его. Он падает, всё же, пытаясь уползти; тогда же он хватается за жизнь.

На сей раз последний снаряд летит Буди в шею, чтобы намеренно прикончить его. И, он замирает в стадии последнего вздоха; он ткнёт головой к выходу; и, тогда же в его глазах появляется справедливое предупреждение о помощи.

При этом он ей шепчет по-французски: "Они, мерзавцы, погубили меня, Флёр. И вот, моё предупреждение - ты должна быть в состоянии боевой готовности!"- Сейчас он стал хрипеть: "Какая причина? Но, вы намеренно будете вовлечены, и, впереди вас ждёт ещё больше опасностей! Будьте, осторожны…"- Но, Буди запинается на заключительном слове, вопреки ясности, и - своё последнее дыхание; он тут, застывает в мёртвой позе.

Однако для Флоры слова Буди значили намного больше, что он - благородный человек, кто лежит замертво.

Теперь, она бормочет к самой себе; при этом, она плачет: "Несмотря, на странное поведение Буди, когда мы оба были в ссоре…"- Сейчас у неё, обостряется дыхание: "…может в прошлом он и был мародёром? Но, он показал свою благородную сторону души, когда в последние мгновения в добром деле, позволил мне жить, вместо себя!

'Я тебя никогда не забуду, Буди!"- Она проливает слёзы; но, тут же вытирает слёзы, что текут рекой, у неё со щёк.

И всё же, ситуация заставила её последовательно, как бы быть осторожной, от недостающего.

Итак, не теряя ни секунды, Флора бежит из пещеры, как бы в самом разгаре, в попытке для неё, чтоб остаться в живых...

Уже у выхода она стала бежать в сторону бесплодной, но, затяжной дороге: "Хочу найти там помощь, или, мне удастся спрятаться от мародёров?"-

Хотя Флора убегает, в уединённое место; но, она недооценила настойчивый план бандитов; а, они следовали за ней, позади. А, Флора продолжает бежать вперёд; беря во-внимание, что она была босонога, когда ей пришлось терпела боль, идущие от камней, под ногами, повсюду. По-этой причине, Флора гласит: "Я в полной растерянности, и наведаю, куда бежать? Но я терплю от каждого камня у меня под подошвами, и, всё же, острые предметы от веток просто убивают меня? Я хотела бы, оттолкнуть от себя, неуместное?"-

Видно следующим, как Флора там, падает на землю – но, с силой воли заставляет себя, с монтироваться обратно.

Сейчас она уже добралась наверху подгорья - и, бегает там, безумно. Поскольку Флора бежала вдоль Африканского Плато, это поражало; но, со-вспышкой ей в лицо; и, что заставило её поднять голову вверх. Там, в изображении, что-то переливалось сверху; и, где в почве вырос обширный ствол, хорошо известного больше, как древо Африканской акации, или, каучуковое дерево.

На сей раз Флора теряет скорость, поскольку, изображения увиденного, заполнили её воображение.

В то время, как за ней гонятся сзади, головорезы Менелики. И, тут, Флора намекает: "У меня есть выбор, либо влезть на дерево? Так как оно имеет огромный потенциал, который может помочь мне спрятаться, внутри него?"-

Внезапное зрелище: на вершине дерева появляется леопард, который смотрел сверху, с ветви дерева акации, вниз на Флору. В следствие этого, у неё остановка дыхания, тогда же, она замерла от страха. А леопард, в свою очередь, наблюдает за ней, с высоты. У этого хищника взгляд, как, будто он хочет спрыгнуть, с готовностью напасть на неё: "А, может быть это дикое животное выбрало меня, как свою жертву?"- Флора испугалась: "И, что я теперь буду делать? Дикий леопард может съесть меня? Оно жаждет заполнить свои внутренности человеческой плотью? Или, бандиты заполучат меня, и, я могу быть узурпирована, вновь? Бог, помоги!"- Флора склонна...

Хотя, это удаётся остановить одному из бандитов, чьё дуло пистолета, направлено; и, он тут же стал стрелять по великолепному, но, опасному животному.

Но тот единый выстрелов тех бандитов, дал промах, только лишь на какие-то дюймы; да, и, напугал убийцу кота.

И, сразу звук воспринимается от рычания леопарда; кого, в свою очередь потревожили: "Ар-р! Р-р-р!"-

Этот хищный кот находится в движении, тогда же, он, спрыгивает с дерева, на землю. В этот момент, зверь полным ходом, частично парит; как и тогда зверь убегает быстро. Леопард оставил следы, убегая, что слепилась само-произвольно, из пыли через его острые, зазубренные когти.

Всё же Флора сохраняет дистанцию при гонке от бандитов, через тот же путь и, там, где леопард пробегал до того.

Несмотря, что бандиты надвигаются, но, они отстают таким образом, чтобы поймать её и, их произвольным плачем беды, в тоже время; она продолжает бежать, как беглец.

В тоже время, при беге Флора мыслит: "Бадей мёртв. Тем не менее, я - в опасности. Для меня неподходящие условия, чтобы оградиться от тех, мускулисто-сложённых мужиков. Как эти бандиты и, Менелики будут реагировать по-отношению ко мне, если я буду опять, поймана?"-

Но, в долго-срочно перспективе погони, эти бандиты преуспели; видно, как они уже догнали Флору, в трудной ситуации для неё.

Вдруг один бандит ударяет её сильно сзади, что пришлось ей по-лодыжке. Импульсивно, при ударе бандита, что ужасало; и, стало распространяться по узким частям её тела; этио действия привели к тому, что Флора падает с горы на землю; тут же, будучи без сознания...

В тот момент, как Флора приходит в сознание, когда чья-то рука слегка ударяет её по-лицу. Ей доносится голос одного бандита, когда он зовёт её по-имени; и, кто оказался был охранником у Киквете. Это ей дошло прямо с ходу, при его выступлении.

А, Киквете с презрением, на французском языке: "Ох, так это для тебя, сука! Ты думала красотка, что мы можем уйти без добычи?
'Ох, так это для тебя, сука! Ты думала, красотка, что мы могли бы уйти без добычи? В таком случае, ты саму-себя обманывала, Сука!"- Хотя, Флора даёт ответ: "Ты - дрянь! Для тебя красотка, а, для вас всех тошнотворные босяки…"- Но, Киквете прервал, и, сам говорит на Французском языке, тем самым, не дав ей досказать: "Ты будешь наказана, за это, Флёр!"-

Не теряя ни секунды, крутанувшись на скорости, Флора маневрирует; и, выбивает беззвучный пистолет, из рук Киквете. А, он старается загнать её к поверхности земли в порядке ротации.
Но, голова Флоры опускается, и, теперь застряла между сапог Киквете; учитывая, что он заседает на канистре, при чём тупо глядит на неё,

с высоты. Киквете теперь вытаскивает верёвки из кармана; и прикладные полосы молний, подобие наручникам, с тем, чтобы обезопасить её запястья. Он тут теги на, и, связывает ей ноги таким же способом. Но, провисания Флоры уже в подчинении...

А, в наступившие сумерки, Флора уже находится в подвале; хотя она об этом, и не догадывается.

Лишь момент или другой проходят, как она просыпается; но физически, Флоры всё ещё не мобильна, так, как части её тела, в рукопашную с теми, связанна верёвкой. Ввиду того, она стала испытывать сильную боль вокруг всех частей её внутренних органов от полученных порезов и синяков и, от ран также; всё же, она не обращает внимание на это.

Вместо того, Флора смотрит на окружающее место, и, стала внимательной, она находилась в мутной комнате; в месте, похожем на подвал; и, тогда, она вытаскивает на свет: "Я была здесь на ранней стадии?"-
Когда Флора пытается двигать своими руками совместно с ногами; тут же она застаёт часть её конечностей были связанны тросами.

На её удачу, недруги не завязали ей рот; вот так, Флора имела возможность дышать. И так, она стала двигаться; часто глотками вдыхая, кислород; пока её дыхание не стабилизировалось.
Потом она старается двигать мускулистой частью своих конечностей.

Несмотря на всю силу, которую Флора прилаживает, но это было выше её сил, чтобы развязать тросы; и, вырваться на свободу, от того кошмара... Когда, она разглядывает вокруг места, где находятся, острые предметы, что представляли возможность для её попытки к бегству?

Издали, она заметила отвёртку, лежавшую в окружении других гаджетов, и, в связке инструментов, в подвале.

После, одним махом, в разгар передвижения Флора стала быстро перемещаться в сторону предмета, расположен, там.

Всё же ей было непросто это сделать; из искажённой позы эмбриона, при распрямлении ног, она постоянно двигает ними вверх; и, в тоже самое время, Флора, использует мышечные части конечностей своих ног и - рук, чтобы двигать предметы, одновременно...

Со-временем Флора в кистях её рук чувствовалась боль; но, цель для своего следующего путешествия, где, она начала было шаг-за-шагом прокатываясь на спине; и, поворачиваясь, она перебирается по интервальной колеи, словно, мяч по-длине основания; в то же время, как тот сдвиг пологий, чем причиняет ей сильную боль. При этом Флора постоянно поворачивается вокруг по длине основания; с короткими передышками; что отделяют её от цели.

В долгосрочной перспективе, молча, она приблизилась, находясь в пределах досягаемости к тому пробелу; где она видела, где отвёртка должна была быть расположена. Теперь она попыталась поместить гаджет с целью, отрезая слегка, чтобы перерезать узлы; и, развязать, верёвки.

Но, после нескольких попыток Флора пассивна; пребывая в коротких передышках, она так и, не смогла добраться до этого инструмента.

Потом, используя лобовую часть головы, она внезапно, сбрасывает предмет, и, оно падает вниз, прямо ей на колени. За исключением, как бы тяжело она не старалась поместить отвёртку в цель, даже было доводила себя до предела, чтобы перерезать верёвки.

Или хотя бы развязать себе руки, что были связанны на узел; но все её попытки - не увенчались успехом.

Так продолжается долгое время; пока Флора постепенно не начинает реагировать на усталость - тут она понемногу, засыпает.

Рано или поздно, кто-то пришёл и потревожил сон Флоры, в том подвале. Этот кто-то, открывает переднюю дверь, а, оттуда шло восприятие звука от интенсивного объёма вибраций на высокой чистоте; что исходили с пульта дистанционного управления.

И так, она просыпается медленно, к реальности, при чём голос Флоры даёт эхо-сигналы: "Мне неизвестно, день это, или - ночь?"-

В то время, как Флора полу-сонная, но её мысли быстро бегают при чём, выдерживая риск, который ей предстояло ещё испытать.

Таким путём она дышит глубже; приходит к выводу: "Может быть я прикрываю свою фигуру, в позиции лёжа?"-

Хотя части её тела по-прежнему связанны верёвками; но, сейчас она чувствовала, что недруги уже вытащили её из подвала. Будучи смещённой, Флора в отчаянии кратко постигает, при чём со связанными глазами до, что значило быть скрытым от взглядов.

Она также не в состоянии увидеть местонахождение, куда её, как предполагается, должны были, пере-распределить.

Там и сейчас, Флора чувствует, как была помещена на твёрдую поверхность кузова автомобиля? И, здесь она думает: "Я лишь в одном уверенна: эти бандитами используют меня, как мишень? Они возможно перешлют меня в какое-то другое место?"-

И, всё же, те бандиты обдумывали: "...стоит ли её развязать?"-

Вскоре один из бандитов стал снимать повязку у неё с глаз; при чём, она стала подвергаться воздействию от солнечных лучей.

А, грузовичок, что тем временем гонит, без остановок; Флора, сидящая там, подглядывает где рядом, перед её глазами, выявляется несчётная масса товаров, покрыта брезентом; и, ящики, что были изготовлены из дерева. По этому поводу: "Да тут до пол-десятка, или более на фоне иностранцев, кто, как правило являются Африканцы, или жители близ-лежащей местности?"-

Однако, Флоре не хватает лишь мужества - найти общий язык с теми; и, всё же, она гадает: "Куда, это они направляются, возможно на центральное шоссе? "-

В минуту, как только грузовик приведён к остановке; тяжёлая дверь остаётся приоткрытой, и, с безвестностью.
Повязка, которой были завязаны глаза Флоры, была удалена с её лица; в то время, как там, рядом с Гаванью, на пирсе...

Лишь водитель отпирает двери грузовика; и, те пленников стали вылезть наружу. Тут внимание приковано к бандитам, выталкивающим этих пленников наружу; и, Флору в том числе; но, при выходе, она застряла, между теми людьми.

Теперь начало переговоров между мародёрами; и, слышатся их взаимодействие в бизнесе; тогда, как Флора не-компетентна их понять, о чём идёт речь?
Вскоре мародёры собирают тех пленников, которые шагают через и, над Флорой, которая в настоящее время сидит на корточках.

При всём этом, мародёры держат всех в своей власти - но, относятся к ней также, как и, к остальным пленникам.

Глядишь, а, у бандитов уже: деньги переходят из рук в руки.

Немного спустя, бандиты уже были заняты в процессе обратного отсчёта, на фоне этих пленников; включая Флору; и, то, на что, как бы взглянуть? Здесь один отвечающий за, командным голосом: "Эй, люди, обратите внимание на наше постановление! Все, вы находитесь там, выходите из грузовика, по-быстрее!"-

Таким образом Флора сильно подвержена риску, из-за не компетентности; но, почувствовав это, выходит из строя; беря во-внимание: "Я тут лишена шанса, убежать сейчас?"-

Однако мысли Флоры разрушаются, как андромеда; и, словно роботизированная, она уже следует за пленниками, кто также марширует, но - впереди неё к...

ЧАСТЬ – V

ОПАСНЫЙ РЕЙС

ГЛАВА 17

Примечательно какое-то судно было расположено напротив порта, в заливе...

В тот же день, удивительным образом перед Флорой, возникнул вид; с панорамой грандиозного судна, на рейде, в порту.

Тот факт, что у Флора не сохранились документы для путешествия, удостоверяющие личность; чиновник стал расспрашивать её. А, другой человек, отвечающий за дела, говорит на-английском языке, с любопытством: "Женщина, а, где ваш паспорт?"-
Флора же реагирует стесняясь; но, напряжённо: "У меня нет при себе паспорта, он пропал. Документ находится у моего мужа..."

Внезапно массивы, тогда, как мысли у Флоры бегают быстро: "Если я заткнусь, тогда я смогу ориентироваться, как мне лучше поступить? А, если я поеду в круиз на этом судне, и, там, сбегу из Африки далеко? До тех пор, пока я не смогу приплыть ближе к берегам моей родины?"-

Но, в порту залива, перед тем, как подняться на борт корабля, Флора пытается совершить побег.

Она замечает автомобиль на расстоянии, который ещё не отъехал; вот почему, она делает усилия, чтобы совершить побег, снова.

Учитывая, что Флора сделала попытку; и, уже начала бежать к машине.

По-дороге она стала реветь безумно: "Пожалуйста, кто-нибудь, помогите мне! Отвезите меня, в посольство..."-

Но, её остановил кто-то, из недругов. С ненавистью один из них, ударяет Флору по средним частям её заднего туловища; таким образом, болезненная реальность заставила её прекратить свои планы; если она, хочет выжить? Она - смиряется и, наконец- сдалась.

Под-конец дня корабль неуклонно отплывалет прочь, с навигацией; и, проходящий мимо порта; так, что путь тем морякам, отдающим было приказы, и, во-время пересечения залива.

Флора там также заметила толпу, кого привели на борт, на фоне иностранцев и, белых людей; которые будут помещены на палубе...

Она всё же пытается поговорить с теми пленниками, но, ей не хватает языковых знаний.

Начиная с этого момента, Флора поставила для себя цель: "Я должна повиноваться им, без сомнения! С большинством, что по-воле судьбы угодно, оно может навалить на меня!"-

Между тем несколько дней прошло в путешествии по-воде; а Флора прогуливается по-верхней палубе.

Вдруг она слышит пронзительную аварию, где она видно, как те моряки бегают взад и вперёд - в суматохе.

Потом, случай перерос в перестрелку с огнём. Один из членов экипажа судна, напился в стельку, во-время чего, он начал буйствовать, задевая драку с остальными, из его же команды.

Из-за него одного, в экипаже судна возникнул беспорядки; как и, тот, остальные из них, сбиты с толку, и, настроены друг против друга.

Тот факт, что в настоящее время, он самостоятельно производит выстрелы, по другим морякам; и, надвигающаяся беда - что между ними, началась стрельба.

После раздавшихся выстрелов огнестрельным оружием, за последние несколько минут было видно, что один из команды уже ранен.

Флора же почувствовала, что здесь, небезопасно; если нести ответственность за благополучие моряка, кому был нанесена травма; принимая во-внимание, что человек истекал кровью?

И, тем не менее, моряк показывал признаки быть в оппозиции, своими действиями, в отношении к Флоре.

Внезапный крик доносится со-стороны борта на фоне, одним из пленников. Жан-Люк, так зовут человека, гласивший в слух, и, на ломанном английском языке: "Я - врач! Этот человек нуждается срочно в медицинской помощи!"

Флора, также не могла быть бессердечной, по отношению к тому раненому; и, она тут смело восклицает, обращаясь, к одному из присутствующих, там, матросов: "Я - тоже врач, и, я - вот здесь! Позвольте мне помочь лечить ему рану?"-
А эти моряки обходят, став в круг, чтобы взглянуть на Флору.

В этот миг, один на фоне тех моряков, действует в ответ. Это - Абдуллахи, со-своеобразным взглядом: "Ладно! Эй, вы двое, сделайте-ка перевязку нашему человеку!"-
Вскоре, Флора стремится помочь этому пленному оперировать на ране моряка.

А, путешественник, вскоре извлёк пулю из тела раненого моряка; видно, как порезы шаблоном при кровотечении, со следами, в открытую рану, от, чего плоть у того, попала на кожу того; при чём, эта практическая хирургия была сделана, с помощью Флоры. На сей раз странник выглядит шокирован: "Итак, вы, тоже доктор?"- Флора же, оглядывается, отвечая, со-страхом: "Ну, не совсем! Но, я стараюсь стать, таковой!"-

А, путешественник качает плечами, пытаясь дознаться: "Что это значит? Моё имя Жан-Люк, а, как вас зовут?"-

Здесь Флора светится лучезарно, кажется, она оживляется: "Я училась в Медицинском Институте. И, моё имя – Флёр, но меня зовут, Флора!"-

Вдруг капитан корабля перебивает их разговор; и, он сам гласит строго: "Эй, вы двое! Делайте по-быстрее перевязку его раны! И, убирайтесь прочь, отсюда! Потом расходитесь по-своим каютам, женщина!"-

По уходу за тем с помощью другого пленника, Флора поместила повязку, когда покрывала рану мужчине.

Она по распоряжению пленника, предлагает какое-то лекарство тому раненому матросу; предназначенное, для успокоения его боли, при перевязке.

На следующее утро Флора просыпается от доносящегося шума. Она подойдёт ближе к доступу; и здесь её ухо прикладывается к двери, где слышится, что кто-то случайно проходил мимо её каюты.

Вскоре, Флора поднимается по-лестнице; и, появляется на верхней палубе судна. Когда она оборачивается, и, находит на противоположной стороне человека, который стоял там; и, кто ранее дал разрешение помочь с перевязкой, раненому моряку.

Этот шкипер по-внешности - из районов в Северной Африки, так, как кожа его была светлее, чем у других - метаморфозами; он практически не старше, по-сравнению с остальными членами экипажа; и, теперь слышится его разговорная речь, на ломанном английском языке. Флоре было ясно в одном - принуждение должно нестись в её сознании: "Если подумать, до сих пор мне нечего было терять, так, или иначе...?"-

Итак Флора смело продвигается к шкиперу, когда переживая, и, обдумывая, тоже самое, она: "Но этот корабль не вышел в открытое море, пока ещё?"-
В сложной ситуации, она поднялась до уровня быть смелой; так, как сейчас для неё появился шанс; итак она храбро приближается к одному, кто - капитан судна, чтобы потрепаться. Она произносит, имея мужество: "Простите, сэр! Но, я услышала, как вы говорили по-английски, раньше?"-
Он же, ухмыляется, и, произносит с акцентом: "Да, я могу, да и обречь на страдания, тоже!"- Теперь же выражение сго лица, вдруг изменилось; по, он говорит себе: "Почему, вы оказались здесь?"- А Флора тут сразу же, опешила: "Что вы имели ввиду, говоря: оказались здесь?"- Он тут, накалён до предела; но - любознателен: "Какого чёрта, вы здесь делаете? Как такая ситуация возникнул, что вы оказались на круизе моего парохода? Как вас зовут, женщина?"- Хотя, у неё взгляд отчаяния: "Моё имя Флёр. Меня удерживали люди, которые, и, доставили меня сюда. Ранее я пыталась совершить побег, чтобы найти посольство, с моей родины..."-

Флора замолкает, и, в отчаянии глядит ему в глаза. Она тут, как бы выпрашивая, это являясь попрошайничеством у капитана: "Я должна вернуться назад на берег! И, улететь, к себе на родину...?"- Но, шкипер прерывает её, тем самым, не дав ей досказать; усмехаясь, он сам произносит с едким остроумием: "Ах, вот как? Итак, что вы делаете здесь? На Африканском побережье? Как вы попали в эту страну? И, кто это сделал тебе это?"- Здесь Флора вторгается, с нервозной реакцией, отвечает ему; и, выглядит при этом так, как будто она, обеспокоена: "Какое-то время назад, на моей родине, я вышла замуж за гражданина Африки..."- Она здесь замолкает, чтобы глотками вдохнуть воздух; и, она тут же продолжила: "После нашего приезда сюда, он изменился; даже, отверг меня, как женщину..."- Сейчас Флора глубоко дышит; и рассказывает ещё: "Потом, мой муж продал меня другому хозяину, по-задолженности, за кредит своей семьи..."- Флора замолкает. И, она вновь продолжает рассказывать о жестокостях, переживаемых нею в неволе; более всего миф о побеге...

Флора дала ему ясно понять историей своей жизни. Потом, она стала умолять капитана: "Могли бы, позволить мне сойти на берег, на следующей остановке? Таким путём, я могу получить действительное удостоверение личности, в посольстве, и, смогу вернуться к себе на родину?"- Абдуллахи же, ухмыляется; качает головой: "Я не могу этого сделать. Видите ли, вы принадлежите хозяину, как его собственность. Но, вы были неправы, когда хотели вырваться на свободу? Учитывая тот факт, что вы были проданы? И, ваша роль заключается, чтобы ублажать хозяина; а, не отвергать его!

"Что же касается наказания, то, ваша судьба будет решаться?"- Флора теперь уставилась, находясь в шоке: "Что вы такое говорите? Я не могу понять вас? Это же двадцать первый век, и рабство давно ушло в прошлое? Мы цивилизованные люди, прогрессом, в области высоких технологий, что создаётся людьми в диапазонах, для продвижения!"- Но, Абдуллахи останавливает её: "Вы вновь, неправы! Только подумайте обо всём?"- А, она глядит ему в глаза, как бы, выпрашивая, у него. Прежде всего, Флора на грани срыва, и, по-сему реагирует жёстко: "Ни одна душа не имеет право продавать другого, как животных, или, как типа вещей!"- Однако, он прерывает её тем самым, не дав ей сказать: "Вы вновь, ошибаетесь! Подумай хорошо, здесь в Африке Законы другие!"- На сей раз Абдуллахи указывает вверх на полку, где - 'Коран': "Прежде всего 'Закон Шариата', что гласит: всё зародилось, и, является для нас большой честью в диапазонах, что были нам даны!"- На сей раз Абдуллахи затихает; и, превращается в противного; и, в резких словах, он стал утверждать: "Вы - в моей власти и приказом! И, не забывайте вы в моих руках!"- Ну, а Флора, как ни есть, насмехается над ним: "Как, я могу? Вы мне, не позволите?"- В этот миг он - на взводе; и, говорит командным тоном: "Знаешь, я могу сделать с тобой, например, всё, что я бы пожелал?"- И, в это время, он начал рассказывать свою историю: "Много лет назад я обучался заграницей, чтобы иметь Высшее Образование. Так что, не надо забивать мне голову дерьмом! Я бы, либо убил вас, или сделал с вами всё, о чём я только могу мечтать! Потому, что я владею вами, отныне!"-

А, Абдуллахи, осматривает её с головы до пят, в таком виде, как Флора стоит, находясь в полной растерянности. Далее он с одобрением изрёк, как бы, выделяя её. Кажется он - одержим ней: "Посмотрим, или ты удовлетворишь мои прихоти? Даже с вашим буйным характером... И до тех пор, пока я не приму решение о вашей дальнейшей судьбе!"- Он здесь повторяется, когда рассказывает больше: "Вам внятен смысл намёка? Тебя зовут Флёр?"- Но, она прерывает его на слове, с боязнью: "Почему вы играете в игры 'Кошки и Мышки', со-мной? Если, вы только, что рассказали мне, что сами учились в колледже, в одной из Западных стран? Что же я сделала не так здесь, или противоправного? Словно я вам слишком насолила скорее всего, сэр?"-

Хотя, капитан вначале, ухмылялся, но, потом, выражение его лица сменилось - на строгий взгляд. Тогда он, как бы опускаясь по-тракстории кривой; приближается в плотную к лицу Флоры. Ей тут слышится интонация звука его крика. Абдуллахи находится в бушующей ярости; по-этому и, голос его тоже: "Ни мне лично, но, ваши люди, и, я имею ввиду белокожих, превратили в сущий Ад жизнь для моего народа, в прошлом! Было так, что ваши белокожие, веками порабощали, эксплуатируя нас, в основном те с чёрной кожей; и, целиком, по-всей Африке..."- А, он тут ухмыляется; и, оглядывает её сверху до низу, при чём скучая: "И, всё же, что ты чувствуешь? Что означает, быть рабыней? И - в аду?"- Но, Флора прерывает его на мысли до того, как заговорит; будто она обижается: "К вашему сведению, я никогда не думала об Африканцах быть в рабстве!

'Во-вторых, я никогда не унижала Африканцев, ни менее, чем все разнообразные Расы! И прежде всего, Африканское культурное наследие! И, прежде всего Африканское культурное наследие! И, я влюбилась в Африканского мужчину!"-

Флоре стало не в пору, тяжело дышать; но, она продолжает, и, была заядлой: "В конечном счёте, я последовала за моим мужем, чтобы принять вашу культуру, верование, и, ещё, чтобы построить семейную жизнь здесь. Я надеялась может станется так, что я буду одной из вас, с вашим образом жизни? И, получу гражданство вашей страны!"-

Но, Абдуллахи рассмеялся ей в лицо; разговаривая глубоким, печально: "Ха-ха-ха! Повторите-ка ещё? Ты поразила меня! Похоже, дорогая ты - невежественна! Куда вас должны будут вывезти?"- Теперь его весёлость сменяется - на мрачность: "Во-первых, это - не страна моего рождения! У вас обо всём неправильное представление; смешивая меня, с остальными с чёрной кожей Африканцами!"-

Он замолкает; и, ухмыляется; но, затем, он продлевает: "Это как раз то, как вы отреагировали в моём смысле, силой"

ГЛАВА 18

Во-время наступления темноты, Флора стоит там, где полоса доступа – прислушиваясь, как в непосредственной близости к её каюте, в это время, были слышны чьи-то шаги, по стремянке...

Вдруг ей слышится, как кто-то бродит, по дну палубы корабля. Теперь, тот самый, начал спускаться по вин точным лестницам.

А, Флора тут же несётся в свою каюту. Уже находясь внутри судовой каюты, на ходу, она садится на узкую, двухъярусную, и узко-колейную кровать.

В тот момент кто-то приближается к её каюте, а, у входа вначале тот стучится в дверь. А, Флора тянет голову вверх, оказавшись лицом-к-лицу с тем же капитаном, с которым она, ранее была в конфликте. Она же примечает, что Абдуллахи носит свободную одежду; тогда, как, его глаза с пронзительным, резким взглядом, и, горя желанием, фиксируются в один миг, на ней. Губы шкипера надулись на его лице показывая, что разорвутся. Но, Флора чувствует враждебность к этому человеку; при чём, гусиные шишки покрывают её кожу. Здесь внимание приковано, как он поправляет осанку; и, приближаясь в пределах досягаемости, к ней; при чём, его намерения являются скрытными. Теперь её тревога возросла. Абдуллахи же усмехается; заговаривая, будучи ироничной:

"Так вот, Флёр, а, знаешь, что я думаю? Ты и я ещё не закончили беседовать по-поводу некоторых вещей?"- А, она уставилась, говоря, медленно: "О, чём вы хотели поговорить? Перед тем, вы мне дали ясно понять, что с моим авторитетом, вы не намерены считаться. Также, вы только что сообщили, что я принадлежу вам, как вещь. Разве это не верно, капитан?"- А, он глядит ей в глаза; ухмыляется; и, открывает правду, но сердитый: "Меня зовут Абдуллахи Рейса!"- Он затихает; и, тут же насмехается. Глядит ей в глаза; он, тогда говорит больше: " Во-вторых, вы правы! И, не забудьте, вы находитесь на моём корабле! Здесь я могу делать с тобой, всё то, что я хочу! Хотите знать, какое у меня желание, Флёр?"- Но, она обрывает его тем самым, не дав ему досказать; а, сама утверждает сдержанно; но, была циничной: "Так значит, у вас есть имя? Но, я не приглашала вас, и, если, вы не возражаете, то покиньте помещение? По-причине, что я мне нужно готовиться ко-сну! Во-всяком случае, сейчас уже поздняя ночь..."- Но Абдуллахи тут прерывает её, тем самым, не дав ей досказать; а сам гласит раздражённо; в дополнение ко-всему, он не в духе: "Я пришёл сюда, чтобы получить то, что я хочу! И, ты будешь давать мне то, и, ублажая! А, если нет, надеюсь вы наверно поняли к настоящему времени, что кучка из моего экипажа, с кем вам придётся иметь дело, Флёр? Мы - не шутим!"- Она же, сохраняет спокойствие, хотя и, утверждает, напряжённым голосом: "А, я надеюсь вам известно, что я - замужняя женщина! Я вам как-то сообщила об этом, разве я не сделала, г-н Рейса?"- А, он, напротив, ухмыляется; говорит; но, был на грани срыва: "Мне плевать на это!"-

У шкипера следом, болтовня в язвительном тоне, когда глядя ей в лицо, он стал пожирать её глазами: "Но, ваш муж отверг вас? Вы рассказали мне об этом, раньше! С моими запасными подарками, теперь я владею тобой! Только я и, никто другой, имеет на тебя права! Потому, что отныне я - твой хозяин!"-

Он тут замолкает; а, когда глядит на неё, то, усмехается.

Как, вдруг Абдуллахи, как бы взрывается, возбуждаясь: "По-этому, мне не нужно просить вашего согласия делать с вами то, что я хочу! А, если ты, красотка Флёр, будешь постоянно меня отвергать, твоё везение не будет столь оптимистичноо!"-

Он, затем хватает Флору за руку, пытаясь во-время того, целовать её. Здесь он предстал, будучи физически сильнее, по-сравнению с ней, когда кидает её вниз на двухъярусную кровать; его желания чётко определены, носильным путём овладеть ею.

Спустя какие-то секунды, Флора уже толкает Абдуллахи ближе к электро-розетке; а, там, в нескольких сантиметрах от кровати, она заметила острый металлический выступ, к которому прикреплены ярусы наверху; и, она тут же хватается за то.

Но, Абдуллахи на чеку, он тоже приметил металлическое остриё; и, тут же прикрывается девяти-коллиберным пистолетом; показывая и, размахивая ним, в воздухе; при чём, он поспешил сделать так, чтобы она не удержала баланс, тогда, он нападает на неё сзади.

Сейчас Абдуллахи вдыхает; произнося глубоким голосом: "Флёр, ты всё равно сдашься!"- И, слышен её выдох: "Отпусти меня, ох? Ты - ублюдок!"- А, глаза Абдуллахи выражают скучность: "Ох, да, ты - настоящая сука! Флёр, если вы отказываетесь угождать мне...?"- Даже, если она пытается вращаться быстро, чтобы таким образом, попасть в положение заново - вперёд; и всё же, она пропускает удар шкипера, кто в настоящее время встал на ноги; и, стал ей угрожать. А, внимание вновь обращено на Абдуллахи, когда он трусит своим пистолетом в воздухе; пытаясь, при этом, покушаться на Флору. За исключением, она перебивает его речь, тем самым, не дав ему досказать; она будучи суетливая: "Абдуллахи, почему бы вам, не заткнуться, нахуй? Я не боюсь! Хорошо?"- Теперь он последовал по-прихоти: "Ты не хочешь? Флёр, а, знаешь, что, ты - дикое, дикое, но прекрасное существо!"- Но, теперь Флора молвит, с отвращением: "Да? Я просто счастлива! Ползёте с вашей поркой, на беспомощную женщину? Хотите, чтобы я вас умоляла, подонок? Идёт оно, всё, нахуй!"

Если вы ещё не знаете, то, тут происходит дикое столкновение на фоне Абдуллахи и Флоры, что помогает ей 'держать голову над водой', и, ещё, чтобы её не насиловали...

На месте, Абдуллахи выполнил свёртывание шеи; хватая Флору сзади, своей свободной рукой, и, скручивает воротник на её шее вместе с волосами захватом. Теперь он начинает её душить, кажется, что у Флоры остановка дыхания, от эффекта; и, по-всему видно ей нужно больше воздуха.

На что, Абдуллахи ухмыляется, с заметным удовольствием, произнося: "Бог создал для Человечества женщин, чтобы удовлетворить мужчин! И, такова задача женщины и, её значение! Простите мой Французский! Наше величество чувствует, пора заняться главным делом, сейчас, можно нам?"

Тем временем, на верхней палубе судна, из ниоткуда, в настоящее время, какие-то захватчики нарисовались на горизонте; и, уже подплыли близко к кораблю; где Флора находилась там, по- всем периметрам широты, на море.

А в это время, всем находившимся на борту, послышались оглушительные взрывы, в сочетании, со стрельбой из оружия. Последовало через рискованный взрыв, восприятие звука от чего, доносится, по всюду…

А, эти захватчики сейчас гребут в непосредственной близости к кораблю.

На сей раз, одним махом, в разгар морской поездки, они вращаются вокруг на своих моторных лодках; тут видно, как нападавшие пронеслись мимо и, недалеко от бурно-развивающегося, рикошета.

Как только захватчики подплыли в пределах досягаемости к судну; они сейчас же начали восхождение по-лестнице, которая имела сходство, с трапецией.

В это время, этаж дрожит будучи шатким, находясь в непосредственной близости тот, кто работает на большой мощности. Человек возглавляющий захватчиков, по-виду из Северной Африки; и, кто приводит к остановке, разборки.

Вдруг слышится взрыв; и огнестрельное оружие обстреливает. Восприятие звука нарушает треск; чей гигантский потенциал, исходил от бума; и, который был причиной, вызвавший хаос, на этом корабле.

А, тем временем, в каюте Флоры, эхо с дребезжанием, исходили от взрыва чувствовались таким образом - что были шаткими.

Абдуллахи же сейчас, прекратил домогаться, чтобы овладеть Флёр; при восприятии звука при турбулентности; даже, если он обеспокоен, но, спрашивает: "Проклятье, что происходит там, наверху?"- Теперь он оборачивается в сторону, уставившись на выход; затем, встаёт; заправляет внутрь штанов свою одежду; и, помечает, в этом случае, он направляет свой пистолет туда.

В свете этих событий, он был готов стрелять на любого, кто осмелится войти? Следующим делом, видно как Абдуллахи бросился бежать через порог; и, уже покинул её каюту.

Вскоре, лишь Абдуллахи ушёл, уши Флоры прильнули к дверной щели; где она прислушивается, к чему-то, затаив дыхание; в зависимости от ситуации: часто у неё то вздох, то – выдох.

Она же с опаской поднимается на верхнюю палубу; где перед ней предстаёт ужасное зрелище: захватчики, которые находятся, в непосредственной близости, к судну; они явились, как бы, из моря.

Тем временем, Флора останавливается на верхней палубе. Там, издали наблюдается, как незнакомцы путешествовали на резиновых моторных лодках, сквозь отдалённый туманом - океан.

Тот факт, что захватчики, которые оккупировали судно, и уже сейчас стреляют сквозь шквал пуль, в сторону к...

Внезапно снаряд, выпущенный одним из захватчиков, летит на...
Флора же, предвидев последствия отскакивает в сторону; затем - вниз, когда она приседает, и, прячет свою голову, прикрыв её, руками.

А, у захватчиков восхождение по-лестницам; и, они проходят через; таким образом, у них подъём на верхнюю палубу.

Теперь послышались было странные резкие отзвуки на-полпути из открытого моря, через шаткое щёлканье; это причинило Флоре - страшный перепуг, в мгновение ока.

Промежуточно, Жан-Люк бормочет к ней, в то время, как глядит по-сторонам: "Что здесь, произошло? Захватчики окружили наш корабль, по всему протяжению области моря. Они продвигаются на высоко-скоростных лодках; сейчас выглядит так, будто спасти нас всех здесь, практически - невозможно?"-

Несмотря на враждебность Флора делает усилие, чтобы выяснить какой эффект, оно имело? Хотя её лицо выглядело панически, но, она спрашивает: "Я хочу знать, что привело к такому хаосу."-

А, один из захватчиков по-щегольски, в обычной манере; но, аварийное покрывали себя платками, а, наверх они одеты в камуфляжи, с тем, чтобы оградить, частично, свои лица. Они носят при себе оружие, которое содержит, запасные боеприпасы.

Вдруг, без предупреждения мародёры начали стрелять прямо по направлению к судну – с обоих левой и правой сторон...

Тут понятно и без слов, что Флора говорит со-страхом: "Теперь ужс нет никакого шанса убежать? Я в западне и под-страхом! Без какого-либо места, где можно спрятаться?
'Я могу лишь прыгнуть в море? Захватчики превратили всё на нашем корабле в состояние хаоса!"
Когда она уже попадает на борт, где работающие под-управлением, и, где бегают взад и вперёд по-верхней палубе; после столкновения, имевшие здесь, место.

Здесь замечено наращивание сил, на фоне тех нападавших, которые сейчас взяли под-контроль, и, уже отдавали приказ на корабле.

В этом деле руководит ними человек по-имени Сид Джакаяла, чей командный голос, доносится: "Стоп, паровой двигатель корабля! Следующим, необходимо изменить курс, так, как, мы отправляемся через пролегающий маршрут, в океане..."-

Как следствие, главное каждая персона в штуке, оказался в ловушке; в то время, прослушивается, как злоумышленники правят всеми.

Там же, на месте, Сид на-Английском языке, доминирующим тоном: "Слушайте сюда, люди! С этого момента, вы стали заложниками! Имейте ввиду, что обязаны занять место на верхней палубе! Сейчас идут сюда, и садятся вниз!"-

А, те заложники, тут же стали садиться на нижнюю часть палубы, включая Флору, кто предстала, застряв, между ними.

Между тем, Флора шепчет Жан-Люку: "Мой инстинкт мне подсказывает, о предстоящей опасности, с душе-раздирающими последствиями?"-
Сталкиваясь с враждебностью, она выясняет из осторожности, что действительно исходит от захватчиков.

А, пока Флора стремится решительно, но, была настроена против нападавших; и, всё же, она нуждается в точке зрения на всё, хоть одного, из тех пленников.

В период между, Жан-Люк будучи суров, шепчет ей: "Захватчики стали драться, ясно итак, они затеяли саботаж, чтобы оккупировать этот чёртов корабль? Они не хотят позволить нам уйти? Их планы никоим образом не совпадая являются моими, или всеми на борту. При чём, они требуют выкуп за нас?"- Она разделяет мнение, кивает головой, и, бормочет: "Вы правы. Я могу сказать вам больше, эти моряки - сейчас, поистине стали в оппозицию к захватчикам?"- Теперь Жан-Люк принимает вдохи; а, затем, добавляет: "За исключением, Абдуллахи? Только один Бог знает, что у него на уме? Я считаю, что он - психопат?"-

В тот же день, удивительным образом, Флора не двигается с места, и, продолжает находиться, всё там же, где она стояла до того; на той же точке соприкосновения было прибытие ещё и, контингента среди тех нападавших.

Несмотря, что Флора предчувствует опасность, оно превратилось в доблестно сосредоточенность, для атакующих.

Итак, она допытывается, осмелившись бросить вызов: "Куда корабль держит путь? Почему вы оккупировали это судно?"-
Однако те захватчики, либо не горели желанием, или не прилагали усилия, чтобы прояснить ситуацию для неё.

А, заложники, включая Флору, кто был захвачен в плен нападавшими, и, те, первые - помещены на палубе. А, нападавшие звали себя - Пиратами.
Один среди них выглядит сердитым, по-причине сумасбродства; и, по-сему он командным голосом, приказал Флоре: "Эй - женщина! Иди вниз, в каюту это - для твоей же безопасности!"-

В последнее время, Флора стала привыкать к своей каюте.
Но, как-то, с наступлением ночи состояние её здоровья, вдруг стало ухудшаться; при этом, она выглядит бледной, что-то во-внутренностях, беспокоит её: "Что происходит со-мной? Я чувствую тупую, головную боль во-внутренних органах, и, рези, как острой бритвой, вызванные, из наружи?"-
После, у Флоры начались боли в спине; даже за последнее время в её боковой части тела продолжает ощущаться перенасыщения теплоты в животе; и, ещё - в нижних конечностях.

Когда она перемещается в туалет, что-то необъяснимое происходит в мышлении Флоры; по-этому поводу, она и обследует себя.

Она вдруг замечает у себя кровянистые выделения, при чём, кровь лилась сквозь поток, наносящийся разрезом, и, всё время - вниз. И так, у неё было внутреннее кровотечение, и, довольно обильное. В следствие этого, по её телу пробежал лёгкий холодок; и, Флора в панике: "Господь! Что-то со мной не так? Боль горячая, и беспокоит; мне болит особенно в узком тазе. У меня кровотечение, таким образом эффект ненормален? Могу поспорить, оно вызвало прочь, моими прошлыми испытаниями?"

На следующее утро, после тщательного рассмотрения раннего столкновении, Флора приняла молчаливо решение: "Несмотря на опасность, эта ситуация ужасно важная, поскольку я чувствую, будучи под-угрозой. И, я не буду задавать тем недругам вопросы, импульсивно?"-

Позже, одним махом в разгар морской поездки. Флора поднялась на верхнюю палубу корабля; а, там она приметила одного, попавший в поле зрения, среди тех захватчиков, и, кто был в возрасте поздние тридцать, или в начале сорока лет. Он на вид - типичный представитель из Северной Африки, такого же сорта людей, как - Абдуллахи. И, он с таким же метким взглядом, это - создало ему преимущество над другими моряками, там.

Хотя было безумством, но, Флора смело подошла к нему, и, сразу же подняла вопрос, на Английском языке:

"Пожалуйста простите меня, сэр, но, я бы хотела попросить об освобождении? Я беспокоюсь за своё здоровье! Проблема в том, что..."- Флора тут замолкает; так, как у неё остановка дыхания. По-этой причине, она глотками вдыхает воздух; и, продолжает: "Сэр, я себя плохо чувствую, если возможно, ускорить это? Мне срочно нужно перебраться на берег для лечения в госпитале!"- Но, Сид останавливает её речь; при том, он смущён: "Ну, что же, дорогая! Послушай, почему я должен сделать жест доброй воли, для тебя? Ты сейчас кажется, попала в двойные неприятности? А, я разочаровался в тебе. Ты меня слышишь?"-
Кажется она чувствует тревогу; но, у неё и плохое состояние здоровья.

Следующим наблюдается, как Абдуллахи подошёл к захватчику; и, теперь они оба беседуют на их национальном языке.

Однако Флора не в состоянии понять; за исключением он без единого слова, что было сказано: "Медицинское..."- По-этой причине она прерывает его, тем самым, не дав им досказать; сейчас же она была близка к потере сознания: "Нет, сэр. Зачем вы такое говорите?"- Но, теперь взгляд у этого пирата - разъярённый; когда он, утверждает: "Я был информирован, что вы имеете отношение к Медицине? 'Или я ошибаюсь?"-
Похоже, что Флора находилась в шоке: "Это - правда. Я изучала медицину. А, вы кто такие, люди?"- А, этот момент её прерывает ново-встречный; этот пират выглядит в её глазах, такого же сорта, как другие; но, он произносит с жестокостью; и, всё же Сид любознательный: "Что мы делаем здесь, вас - не касаться! Первым долгом! А, во-вторых, если вы будете задавать вопросы, женщина, вы можете иметь большие неприятности!"-

ГЛАВА 19

Спустя несколько дней, однажды утром, Флора просыпается у себя в каюте; однако, она всё ещё, остаётся в помещении.

Через какое-то время, Флоре доносится шум, что кто-то, пробегаст мимо двери её каюты.

Переброска слов вдруг, началась между пиратами, которые общались возможно на языке Банту, или на 'Лингв.-Франка'.

Через какое-то время, Флора выглядывает в иллюминатор - вдруг на неё навеяли грустные воспоминания навеяли; по-этой причине она говорит сама с собой: "Только два дня пролетело, как, я видела тусклый образ Архипелага, расположенный, по-всей территории прилегающих островов, и, вдали от берега..."-
Но, последние надежды Флоры разрушаются, когда ей доходит, что происходит; и, по-сему, она расстроена до слёз: "Освобождение уже практически невозможно, сейчас...?"-

В тот же день, в разгар морской поездки, Флора, каким-то образом попала на верхнюю палубу судна; и, там она примечает, двоих атакующих; но теперь её внимание приковано, на предупреждение.

Сейчас она наблюдает за одним из Пиратов, чьё имя - Сид Джакаяла. Он выглядит физически-сильным своим тело-сложением, амбициозный; и, коррумпированный человек, кто ещё был и - жестокий временами. Сид - талантлив, бесстрашный покоритель; он из тех, кому нравится иметь власть над хрупкими; он ужасно хочет обладать богатством. Он начитан; и, ещё когда-то занимал должность в Западной стране.

В промежутке времени, Сид разговаривает на английском, по-мобильному телефону: "...Я вам объясняю ясно и доступно, каковы наши требования! Здесь находятся по-меньшей мере, трое ваших людей! И, так, я вас предупреждаю?"- Он замолкает; и, оглядывается. Тот факт, что Сид вновь беседует по-телефону, и, был на взводе: "А, если ваши государства, откажутся платить выкуп за заложников? А, поскольку их держат в заточении, здесь! И они находятся, у нас под-арестом!"

Зная заранее, как эти банды захватчиков себя называют - Пираты. Но, один пират вне себя; Флора же, внимательно прислушивается к его голосу, как он ведёт переговоры с кем-то, на другом конце телефонной линии. Он естественно спорится с тем. Сид, в таком случае, реагирует раздражённо.
И, стал обсуждать по-сотовому телефону; он тут же, объявляет: "Вы меня хорошо слышали?"-
Тогда, кто-то, на телефонной линии, ответил, с вероятностью: 'Да!'- И, в тот миг, Сид реагирует иначе: "И это - моё последнее предупреждение!

Если ваши страны не уплатят выкуп за головы тех заложников, что здесь? Вы будете искать трупы их тел, на морском дне!"-

Слушая ужасный обмен оскорблениями, между теми, у Флора возросла паника; более, чем очередь при её уме, на слежку. А, Сид к этому времени тоже уставился в её сторону.

Лишь Сид закончил телефонный звонок; таким образом Флора рискует, поэтому случаю. По её коже пробежал лёгкий холодок, она на грани срыва; и, она уже направляется к нему, навязчиво, но, осмелилась бросить вызов; и, затеивая разговор: "Кто вы такие? И, что вся ваша команда делает на этом корабле?"-

А, Сид, ухмыляется; затем, медленно поднимается со его сидения; и, тут же опускает руку себе в карман. И, он даёт намёк головой, намёк головой, при чём видно, как его глаза сосредоточенны на Абдуллахи.

А, Сид потом общепризнанно, стал насмехаться; и, решает с ней, через свой интенсивный взгляд: "Ну, что же, некоторые называют нас морские разбойники. Мы известны ещё, как Сомалийские Пираты!"-

Теперь Сид глядит на псё; и говорит уверенно так: "Я надеюсь, для вас ясно, кто мы такие? И, с кем вы имеете дело? Почему мы здесь? Какая у нас тактика, и, что мы намеренны делать дальше?"- Он замолкает; и, тут же заглядывает с насмешкой ей в глаза. Хотя Флора качает головой, но, она выглядит неловко.

Сид, ещё не закончил свою речь; и из всего - высказал свою точку зрения, с противоречием: "Вы кажетесь в неведении по ситуации?

'Не так ли вы в неведении, Флёр? У вас нет никакой идеи, кто мы такие?"- А, Флора, в свою очередь, стало быть потерянной; но накалена до предела: "Нет, я не знаю! Может быть, я наивна? Но, почему вы так гадко, относитесь ко всем нам…"- Но, Сид останавливает Флору, и он тот, кто является Лидером среди этих Пиратов. Теперь он, будучи раздражённый до предела: "Вы слишком много просите! Ты лично и, все остальные на борту будете оставаться заложниками, здесь. Сейчас, и, до будущего разбирательства!"- Он здесь замолкает. И, тут же суровым голосом, пират проповедует больше: "В конце, правда в том, Флёр, что если правительства ваших стран откажутся оплатить за ваши души, и, за тех с белой кожей, особенно, на борту? Или, обманут нас, в это время... Я - прав? Это - ваше имя?"- Флора же, выбирает покорность; и, наклоняет голову вниз. А, Пират, Сид похоже, стал щёлкать: "И, всё же, я сыт по-горло разговорами! Уберите её, к чёрту, с моих глаз! Уведите, женщину!"- Но тут Флора останавливает его. И, в одиночку, она пытается справиться с этим 'оратором', когда кричит с тревогой: "У вас нет прав! Это - уголовная несправедливость! Я требую вернуть меня на берег, и дать свободу, чтобы найти там, посольство!"- Но, её перебивает на этот раз, Абдуллахи, который ухмыляясь -имея ввиду; когда он говорит с презрением: "Замолчи, женщина! Чувствуете себя немного лучше? Что, беглая паранойя? Жаль, моя дорогая!"- Абдуллахи тут же вращается, став перед новым незаконным формированием, лицом. Теперь Абдуллахи говорит так, будучи вне себя:

"Поместите её обратно туда, где она содержалась до!"- Вместо этого, он лично приказывает срочно своему помощнику, на их природному наречии.

А, Флора как раз выглядит - на грани срыва: "Сэр, это важно, если..."- А, лидер тех пиратов, вращается, став перед Флоры; когда она замолкает. Это означало, что он - выставляет свои требования; также Сид тычет пальцем вверх, на неё; при этом, он накалён до предела: "А, вы! Вас я не только не желаю больше видеть, но, и, слышать от вас когда-либо! А, если нет, по-прощайтесь навсегда!"-

Тем временем, Флора в сопровождении нескольких, странно выглядевших помощников, которые подталкивают её обратно, к заднему лестничному проёму. Тот факт, что Флора стоит прочно на месте, при чём, просто пытаясь угадать?

Вдруг один из пиратов подскакивая, схватил, сжимая ей руку. Но, Флора сопротивляется. Тогда помощник захватывает её волосы, с помощью товарища; и они оба стали тащить Флору вниз, в сторону каюты.

Помощники оказывается были освобождены от несения службы; а, работая охранниками, они таким путём, сопровождали её вниз.

Подходя в непосредственной близости, к кабине Флоры; тут один из тех охранников бросает её через проход - прямо во-внутрь, помещения каюты.

На сей раз Флора находилась внизу, и, внутри уже несколько дней. Вместо того, она не может подняться на верхнюю палубу, без предварительного предупреждения.

Однако, она набралась храбрости, когда идёт наверх, заранее рискуя; блуждая, по верхней палубе, по-собственной воле. Теперь Флора бормочет, себе под-нос: "Меня держали в темноте. А, если Сид сделал новые звонки? И Пираты, потребуют деньги за меня; и, также других восемь человек. Судьбы всех нас могут стать потенциально, загадкой? Потому что, мы все - мишени, здесь!"-

Беря во-внимание, что пираты разговаривают на иностранном языке, на палубе.

В это время, Флора бросая вызов, заговаривает с одним из пленников. Это - Жан-Люк, который тут шепчет к Флоре: "Пираты наметили планы для всех нас, находящихся в неволе, кто должно быть..."-

А, Флора бормочет по-прихоти; при этом она оборачивается: "Какие планы у пиратов? Ты что-то смог узнать, Жан-Люк?"-

Он, в свою очередь кивает головой; и, бормочет: "Ходят слухи, что пираты кое-что скрывают, держа под-запретом это, с недоступным входом, для заложников. Вас и меня включая, Флора! То, что мы, можем найти, хотя, они и накинули на нас ярмо? Я держусь незаметно, и, вы также поступайте! А, я буду вас информировать, Флора..."-

Тот факт, что эта информация встревожила её, и, остальную часть заложников, тоже.

А, в это время, на корабле ситуация всё же произвела эффект, это сказывается удивительным образом. Таким образом, его исход вызывал тревогу; и, пленники предстают в плохом здоровье; и Флора наряду с ними; при чём они - физически слабы, и, все - близки, к потере сознания.

Ходят слухи, что в этой ситуации все заложники, наравне с Флорой, заболели; оно вызвано теми же условиями лишения...

Между тем, Жан-Люк забежал к ней со свежими новостями, и, бормочет; будучи бдительным: "Нам выдают дневной паёк порцию хлеба рационально с питьевой водой?"- Флора кивает головой; с опаской.
Это звучало убедительно: "Я тоже так думаю. Все мы - пленники хотим чего-то поесть. Чёрт возьми, мы все - полу-голодные, здесь?"-

Помимо плохой ситуации, стало ещё серьёзнее, окруженные глубоко-водным, когда корабль с навигацией пересекал, во-время сильного шторма; с вытекающими последствиями...

Сейчас, здесь наступил вечер. Флора, находясь в каюте, тайно беседует с Жан-Люком, которого волнует её самочувствие: "Флора, как вы справляетесь, в таких условиях?"- Но, Флора вся на нервах; и, постоянно сталкиваясь; она, при этом бормочет: "При таком стихийном климате, состояние здоровье всех нас, ухудшается, из-за морской болезни. За последние несколько дней, я с трудом могу ходить. И, я чувствую себя так, как будто бы могу упасть без сознания, в любой момент. У меня кружится голова, которое вызвано штормом в океане, и вращением корабля. Это осложнило ситуацию для нас, став ещё хуже?"-

Однажды вечером в судовой каюте, уши Флоры были приставлены, к двери; где ей доносятся звуки, во-время спора между двумя, исполняющими обязанности помощников для пиратов, на этом судне.

В то время, как те двое находятся за дверью; один из пиратов говорит, по-французски: "Тебе известно местонахождение, по тактике, где мы собрались пересечь?"- А, второй пират, тоже говорящий, по-французски, разъясняет: "Видишь ли, наша стратегия заключается в пересечении кораблём, и, чтобы перейти через канал! А, тогда, мы смогли бы выйти на глубоководность, в Индийском океане?"- Сейчас наступило молчание. Далее слышится, как первый пират делает вдохи; а, затем продолжает переговариваться, за дверью: "Следующим, по карте, мы будем следовать к Экватору. Дальше судно будет держать курс в то направление."

ГЛАВА 20

Как-то на рассвете, послышалась стрельба, с перекрёстным огнём по-всей площади судна, и, на палубе; происхождение лопастей пропеллера, пролетающие мимо, и, те громко ревущие.

Внезапно раздался массированный Бум! Взрыв! Новый взрыв! Бум! Затем, доносились звуки сквозь диапазон градом пуль.

До сих пор, в каюте, Флора находилась, застыв в страхе от этого ужасного зрелища; и, она вращается; и, тут же глядит сквозь иллюминатор, где дистанционно был туман.

А высоко в небе, странным образом, но, подавляющее показались, сопровождаемые вертолётами, где бортовые громили из оружия, стрелявшие в эту часть внешнего слитка воздуха; и, тут военный корабль взял в кольцо это судно.

Тем временем Флора беспокоится, находясь в своей каюте, при этом подтвердив: "Какого чёрта там происходит? Битва в воздухе! Оттуда нельзя убежать? Если станет небезопасным тут, единственный способ для меня - прыгнуть в море?"-
Следом прогремел второй взрыв! Взрыв!

Там в каюте, Флора чувствует себя не стабильной; так, как основание под ногами - шаткое. Ситуация, похоже стала опасной, итак Флора хочет угадать, об эффекте на; при всём этом, она обдумывает, будучи уверенной: "Эта ситуация не может быть хуже, чем находиться в плену у пиратов?"-

Позже, одним махом, в разгар морской поездки, ухо Флоры приложено к двери. Теперь она осторожно открывает входную дверь, разглядывая тщательно в дверное отверстие вокруг; а, потом через допуск.

На каком-то этапе, ей удаётся подняться по-вин точной лестнице - окинуть взглядом вокруг, что там происходит; и, следом, она смело идёт на верхнюю палубу.

При восхождении ею на палубу, внезапно она застывает; где вероятно, во-всём виноваты пираты, работающие, под чьим-то управлением; и, бегающие взад и вперёд. Настроение среди экипажа, перешло было в стадию хаоса.

А, изо всех уголков морского мира, в окружении гигантских военных кораблей - заполненные боеприпасами.

Временно пилот летящего вертолёта, где ему приходится пройти через огневой дождь пуль; бомбардируя сверху, что прогрессирует и - в цель.

Внезапно, мини-устройство взрывается, с помощью дистанционного управления - провоцируя, взрыв. Этот взрыв, привёл корабль к тому, что там стало трусить.

При осложнении ситуации, Флора побежала обратно в каюту; из-за хаоса, она стояла в стороне, чтобы не подвергаться опасности, и, в панике; она всё же подходит в непосредственной близости от лестницы. Вдруг взрыв!
Это - звучит убедительно.

Один пират при контр-атаке, вдруг, выстреливает; и, наблюдается, как снаряд пролетает со-свистом. А, Флора отпрыгивает в сторону, чтобы справиться с ситуацией под риском; приседая вниз, с поворотом.

Тут она следит за пулей, пролетающей по-косвенной траектории, сверху и, через; и поражает, ранив при этом, одного из пиратов...

Тем временем, на верхней палубе корабля... А, на судне, идущее сражение, стало выходить из-под контроля. Боевые силы нападавшие, в настоящее время разрушили часть техники, предназначенной для поимки тех пиратов, кто дестабилизировал экипаж судна; и, по-причине безопасности, направленную для освобождения, тех пленных и, других людей тоже.

Пристёгнутые, закрепляющими крючками, военные силы удерживаются на тросах, и, медленно глайдинг по. Главная цель, к чему приковано внимание Сил Флота - к банди-прыжку; и, приземлиться вниз на верхнюю палубу, при помощи зигзагов вне... В этом месте те из Флотилии спрыгивают: "Д-р-р-р!" Тут можно обозреть, что они оснащены пулемётами и другой боевой техникой. И, здесь лейтенант произносит командным голосом: "Пошли, их искать, ребята! Давайте-ка, двигайтесь!"-

Немного спустя, застряну ли между лестницами - в зоне Машиного отделения, замечены боевые силы, под-командование лейтенанта Кригера, спускавшиеся вниз, по-лестницам; входившие, в двигательную часть судна.

Освещение при тусклом свете - затемнено; там попадают в поле зрения, входящие с задней части помещения, на расстоянии полу-вытянутой руки, группа Военно-Морских Сил (ВМФ), пешие.
Кригер, находящийся рядом с сержантом Бальтазаром они идут, и неся впереди фонарики; где они тщательно прислушиваются, к чьим-то шагам.
Тот факт, что силовики одним махом, в разгар опережают, идя вниз, при подходе.

В сложной ситуации, из Сил Флота доносятся эхо-сигналы; а, шум наполнился воздухом; тогда же один, схватившись за оружие, которое скрывалось у них за поясами, в кобурах, они вытягивают, в тандеме, с теми, приближающимися шагами...

Между тем, в двигательном отделении - внутри Машинного отсека, единая личность разбрасывает всё.

Здесь также, обращает внимание, что группа силовиков держат в руках целлофановые мешки, со-странными предметами; которые уже заранее были открытыми, деревянные коробки.

На грани срыва, кто-то входит сюда, это ни кто иной, как - Джакаяла Сид - лидер Сомалийских пиратов.

Теперь Сид присоединяется к группе; и стал трудиться наравне с другими, при этом произнося:

"Я разобью радио-передатчик об стенку, а, остаётся запасной! Тогда, я бы упаковал их, и, сложил коробки вот здесь?"-

А, следующим появился Абдуллахи, выносящий тяжёлые предметы оттуда, те, что нужны, соответствующие, со-стороны входа, оно отмечено для реестра, рассматривается, как, он покрывает тот товар, который неповреждённый, наверх брезентом.

В это самое время, на верхней палубе, вооружённые из Сил Флота наконец нашли Пиратов. Предоставление того, что отряд из себя представляет, последовательно неся на себе передатчики, оснащённые, сполна.

Это подразделение наряду с лейтенантом во главе, вступают в кабину двигательного отсека; а, затем, удивительным образом, само-раздвигаясь быстро, в марш броске; и, при всех трудностях, просовывая сквозь металлический люк, своё снаряжение, по-объекту, под хихиканье пиратов.

Эти из Сил Флота при трамбовке, с беспокойством, и, в суете; где шум наполнился воздухом, с глухим щелчком...
Потом, повторный щелчок; и, оружие, уже прочь из рук пиратов - находится под-зачисткой Военно-Морских Сил.

Сейчас один среди тех Силовиков берёт в свои руки, заранее известную ему задачу, был при этом, во-главе этой военной операции.

Теперь Лейтенант кричит, командным голосом: "Стоять, на месте! Повернитесь кругом, все вы! Иначе, я отдам приказ стрелять..."-

Посреди мероприятия пираты прекратили действия; и, уже без дальнейших церемоний; при этом доносится голос одного из тех, при чём, раздирающие крики, были паническими.
На сей раз, первый пират: "Не стреляйте в нас! Мы вас просим!"- Хотя, сержант выглядит раздражённым, но требует: "Бросайте, оружие, пираты моей жопы!"- Сержант, тут же поворачивается к тому странному человеку, конечно - лидеру; и, в тот же момент, обращается с просьбой: "Что нам делать с пиратами? После этого, Лейтенант?"-

А, на полпути к выходу, лейтенант решает обработать пиратов ловко; и, командным голосом: "Пираты, вы - мудаки! Мой отряд и я, приставим дуло автомата, предназначенное вашим чёртовым мозгам! Эй, вы, там! Как твоё имя?"- Но, Сид тут отвечает частично, по-английски: "Не знаю, английский! Я не говорю по-английски!"- На что Лейтенант, стало быть раздражён: "Пошли, все нахуй!"-

Но сейчас и там появляется пират, который говорил по-французски; он тут вращается; и, показал своё лицо, представляясь на свет, это - Сид Джакаяла, который сделал выбор в пользу; при этом, он убегал быстро из двигательного отсека; а, группа захвата без малейшего понятия, какова истинная идентичность этого бандита...

Тем временем Флора, находившаяся в своей каюте, испуганна. Причинённый, в ущерб, Флоры здоровье ухудшилось, и - вне агонии; она чувствует боль в спине - и, что она близка к потере сознания, в любую минуту. В результате чего, Флора ложится сверху на покрывало, двух-ярусной кровати.

Внезапно, дверь широко открывается, где в передней части, что было покрыто перед входом, появился Абдуллахи...

Про термин по-пути из, идущие шаг-за-шагом ВМС, все как один, носили при себе автоматы под камуфляжем - таким образом, они скрывают при себе, наличие оружия. Команда Флотилии, затем перемещаются вперёд, проходя через проход, чтобы таким путём найти пиратов, кто в свою очередь, прячутся где- то, на судне.

Тот факт, что вдруг шум наполнился воздухом, слышится, как один из Военно-Морских Сил хлещет щелчком, в рацию.

Следующим Лейтенант берёт на себя от него обязанности, говоря при этом через устройство приёмного передатчика: "Там, когда мы проходили, видели пять пиратов, по-меньшей мере, которые ждали нас полностью готовыми, с боеприпасами в руках!"-

Но, теперь один из Военно-Морских Сил, потребовал: "У нас есть кучка своих, чтобы иметь дело, в таком сложном процессе, неправда ли, Лейтенант?"- И, тут же звучит командный голос по-рации: "Как близко вы от места, второй командир?"- Следующим гласит лейтенант в устройство приёмного передатчика: "Моя кучка десантников держаться близко друг-к-другу. Хотя, если можно это назвать корабль говняный, оно даже небольшое. Мы находимся, в пределах сотни морских узлов – и тридцать градусов южнее, при том, двадцать семь минут от Севера-Запада. Причина в том, что судно застряло между внутренними водными путями, далеко от берега!"- На сей раз командный голос, воспринимается от звука в устройстве приёмного передатчика: "Просто начни применять адекватные электро-вольты на пиратов, и, они заговорят у тебя в течении полу-часа!"-

В одно мгновенье, на палубе кто-то начал наступательную атаку; и, до сих пор эффект был на пути к доступу.

Хотя лейтенант вдали от передающего радио-устройства, и он волнуется: "Тише! Всем лечь вниз!"- Тот фак, что Лейтенант якобы вспоминает, чтобы проверить что-то; и, разговаривает, будучи весь на нервах, при чём его голос звучит таким в радио-передатчик: "Хорошо попытка, командир? Вы нас чуть было всех не взорвали! Вы что, хотели нас всех, убить? Я чуть было не наделал в штаны, из-за паники! Простите, командующий, что я был груб..."- На сей раз в радио-устройство доносится голос командующего:

"Ладно, Кригер! Посмотри на ситуацию таким образом, чтобы с ней справиться! И, береги своих ребят а, также тех заложников! Не допускай своих ребят по-огонь стрельбы, чтобы они даром рисковали в сражении! Лейтенант, не буду вас долго задерживать, выполняйте! Берегите, себя!"- Лейтенант же, вновь говорит по-рации: "Слушаюсь, Главный! Я буду на связи, без промедления!"- Однако, Кригер выглядит мрачным. Здесь он вращается, и, уделяет внимание одному из тех Силовиков.

На сей раз Лейтенант обращается к Сержанту Бальтазару: "Да, уж, Главный был прав! Мне нужна точное расположение их чёртовых огневых точек, стреляющих из оружия? Откуда они идут?"- И, тут же сержант принимает меры: "Давайте, пошли проверим, чёртовы каюты, а, тогда..."-

А в каюте Флоры, тем временем, внимание приковано к Абдуллахи, входящий туда, она же в свою очередь, подскакивает и, становится на ноги. Но, у неё нет шанса убежать. Там же на месте, он забегает вперёд Флоры; при этом, хватает её руки, крепко сжимая их.

Абдуллахи на месте событий хватает её за волосы; и, вкладывает в руку Флоры гранату. Она, в свою очередь предчувствует, что граната может взорваться в любую минуту, пребывает в страхе; но, у неё была остановка дыхания. По-этой причине, Флора глотками вдыхает воздух, и, старается сохранять выдержку; при чём у неё своя цель; но, держаться подальше от опасности. Теперь она осторожна с гранатой; при чём её мысли направлены -устроить путч; чтобы путём переворота, та вещь вернулась к нему.

И всё же, он остроумен, ему доходит намёк её цели, чтобы отвлечь; и, он действует соответственно взаимно, вытягивая из-за пояса пистолет.

Учитывая тот факт, что Абдуллахи одержим нею; по-этому, он смог перехитрить её: "Даже и не думай об этом! Ты пойдёшь на тот свет, с душами других, на корабле. И, мы все будем взорваны, наконец-то!"- А, у неё в свою очередь, стали скрежетать зубы: "А, ты - кровавый убийца! Сдался бы, лучше? Ты здесь не один, на корабле! Здесь есть и другие люди, я, среди прочих, мы не готовы ещё умереть? Иди, и прыгни в море, мир станет лучшим местом, без вас!"- Теперь он кричит, враждебно: "Заткнись, нахуй! Ты, сука!"

А, в это самое время, в судовом аиле - лейтенант отдаёт приказы тем силовикам, что бодрствуют. Сейчас Лейтенант гулом подаёт знак машет руками в воздухе, и, рисуя картинку: "Ребята, продолжайте вести проверку, в остальных каютах, на этом корабле! И, нам нужен запасной план, чтобы поймать человека, кто отдал приказы тем бездушным пиратам?"-

Но, там вдруг, взрывается бомба, издали, на палубе - взрыв! Это привело к не лицеприятному; а, ВМС видят, как другие лежат на земле; но, всё ещё действуют, в целях само-обороны.
Силы Флота, висящие на тросах, и, что прибывшие сюда, как бы быть прикрытием для повстанцев, при их сопротивлении...

А, в другой части судна шаг за шагом, Силы Флота с Лейтенантом во-главе, наряду с ними.

Сейчас их головы подняты вверх - переглядываясь, друг с другом. Кригер действительно озабочен об их безопасности, тут он наклоняется, при этом он обеспокоен: "С вами всё в порядке, там, Сержант?"-
А, Сержант поднимается, и, качает головой, в знак согласия: "Да, Лейтенант, с нами всеми всё в порядке!"-

На сей лейтенант, оборачивается, и, шепчет: "Ну ка, чуваки, давайте-ка вставайте! А, я тут прикрою вас сзади. Нам нужно проверить, или чёртовы пираты, убили наших ребят?"-

Тогда, как, у Сержанта напротив, положительное отношение: "Да, уж, Лейтенант - второй командующий!"-

В тот же миг, Кригер, бормочет, подавая знаки руками: "Сержант, остановитесь! Мы будем передвигаться по парам, как конвой. Так пираты не смогут стрелять по нас! Хорошо?"-

Вскоре после этого, Флора оставалась в каюте, и в том же состоянии - застынув на месте. Таким образом события, при которых играли с её жизнью, в сложной ситуации, также сделало её беззащитной - чтобы противостоять Абдуллахи.

Внезапно дверь широко открылась; и, на пороге появились двое из тех Военно-Морских Сил...

Тем временем, снаружи в аиле, лейтенант наряду с ВМС, подходили к чьей-то каюте, но, двери там были закрыты.
Теперь из Сил Флота переглядываются друг с другом; и, находятся в контакте, когда общаются с помощью немых жестов. При всём этом, основная задача лейтенанта предназначена, чтобы проверить те каюты.

На сей раз, один из Сил Флота приклеил пластиковую бомбу с целью запуска.

И - взрыв! Бум! Он пришёлся с наружных стен купе, наделал столкновение. Это также привело к тому, что оно сбило с ног несколько из вооружённых Сил; и, сразу же срывает двери с шарниров.

А следующим гаснет свет. Наблюдается, как двери - раскачиваются взад и вперёд.

Сержант Бальтазар же находится на пороге внутрь, когда он случайно споткнулся, зацепившись за крюк, который едва подвешенный в дверном проёме у входа в каюту. "Ой! Ей!"-
Вдруг, вроде что-то похожее на кнут пролетает со-свистом, по-прямой; и, тут же сбило их с ног; видно, как первым вниз падает сержант. А Лейтенант кричит озабоченно: "Ложитесь, вниз, ребята!"

Он, тут, наряду с теми другими двумя с Военно-Морских Сил, которые опустились на тросах, сверху, по-кривой траектории.

Там же, в поле зрения попадает человек, кто выходит на свет, он происходит из Северной Африки, по-внешности.

Этот взвод Военно-Морских Сил, тут разглядывает; они тут же опознали его из прежней конфронтации, так, как тот мужчина был - Сид Джакаяла.

ГЛАВА 21

В тот же день, немного спустя, Флоре, стоявшей возле Абдуллахи, слышится, как, кто-то приоткрывает дверь её каюты; и, на пороге, в конечном итоге, появились люди ВМС, одетые в спец-формы, с тёмными оттенком, а, их головы покрыты шлемами; где, поверх одежды они носили камуфляжи, для их же безопасности. Эти двое из Сил Флота стойкие, интенсивные, но, не теряющие надежду на безопасное освобождение Флоры. Она же, в свою очередь, заранее пребывая в страхе, мешает тем ввязываться, предупреждая, при всём: "Не подходите, близко! У него есть пистолет! И, он заставил меня также держать гранату. Будьте, осторожны, так, как по-неволе, мы все здесь можем погибнуть?"-

Внезапно эти из Сил Флота таки заметили взрывное устройство,   с помощью чего, Флора находится в опасности и - главная мишень. Абдуллахи здесь полон радости, будучи циничным: "О, да, полицейские! Эта не шутки вам тут! Она действительно прикрывает гранату в своей руке!"- Эти последние слова он произнёс с иронией. Приставляя пистолет к её шее, Абдуллахи с весельем и, будучи, именно с едкостью: "Если я выстрелю в неё то будет взорван весь корабль, со всеми вами, кто должен умереть...”-

Периодически, находящийся там один из Сил Флота, даёт сердито понять, при этом указывает рукой на Флёр, тем самым, давая намёк.

А первый из Флота, пытается сделать так, чтобы отвлечь врага: “Эй, ты! Отпусти женщину, пусть идёт!”- Однако Абдуллахи вместо того, ухмыляется, иронично: “Блеять! Мне нравится риск, разрушенный - виной!”- Он тут замолкает, похоже, что он накалён до предела: “Жаль, ты - козёл! Запугиваешь нас гранатой? Мы знаем лучше, чем ты, что такое бомба на самом деле! Дай ей уйти! А мы можем попытаться обменять её - на рукопашный бой. Это доставит довольно много неудобств, если взорвать чёртов снаряд! Ну так, что давай, бороться?”- Но, тут Флора вмешивается, и, сама говорит, имея намерения: “Его зовут Абдуллахи. И, он имеет связь с пиратами!”- Сейчас замолчав, Флора вдыхает полный смысла; и, тут же могильным голосом, со-срочностью она обсуждает, при этом, умоляя, с тревогой: “Офицер, я чувствую себя плохо мне тошнит! Потому, что я должна быть срочно осмотрена врачами?”- Здесь она поворачивается к Абдуллахи, и, разбирается с ним; но, ощущается помощь со-стороны Сил Флота. Тогда Флора начала рёвом иметь к нему дело: “Абдуллахи, тебе что, ещё не дошёл намёк?”- И, всё же он игнорирует её старания; вместо этого поворачиваясь к первому из Сил Флота, и, обращается к нему: “Я эксцентричный, и - бизнесмен! А, вот граждане мой страны - бедны! Но, я хотел бы заключить с вами сделку, а, если нет, то...”- Следующим действием, один из тех военно-морских сил, останавливает его; вовлекая при этом, иронию судьбы. Этот первый из Флотилии, смело: "А, если нет, тогда, что? Ты взорвёшь всех нас, что ли?"-

По-иронии судьбы, другой среди Сил флота, сделал промах своим ходом.

В этом случае, Абдуллахи даёт ход назад; стал дурачиться; здесь видно, как он потрясывал руку Флоры, грубо.

Но, Абдуллахи, заранее тянет вниз пистолет, с помощью чего, это означает также, и - акт насилия по-отношению ко-всем.

Теперь он злится; в то время, как его руки, дрожат: "Ещё один шаг, и, она уйдёт на небо! 'Прибавляя вас всех, тоже к ней! Держитесь за свои сумасшедшие задницы, Чёртовая полиция!"- На сей раз первый из сил Флота ухмыляется; и, всё же он на грани срыва: "А хочешь знать, во-первых, мы – не полиция! 'Мы - из Спец группы ВМС. А, ты ни кто иной, как - неучёная птица, До-до; если вы так считаете? Сдайся по-хорошему, ты - сукин сын!"-

А, Абдуллахи, вдруг, засуетился: "Неужели вам не доходит? Разве вы не видите, она - красотка? 'Я ещё не имел шанса сделать её моей! Жизнь человека пустеет, потому, как мы воображаем для себя лучшие вещи, но, не можем получить их."- Теперь он глядит на Флору: "Я заплатил за неё! Женщина мне принадлежит! И, я могу делать с ней всё, что мне вздумается..."- Но, тут его отвлекает один из Военно-Морских Сил, у кого значение имела вульгарностью. В этом случае, первый из Сил Военно-Морского Флота, находится на грани срыва, кричит во-всё горло: "Слушай, ты, мудак! Женщина - не твоя собственность! Она - человек! Но, если для вас неподходящий вариант, отпустить её?"- Сейчас этот из Сил Флота поворачивает кругом голову; на сей раз он

спрашивает её деликатно: "Как тебя зовут, дорогая?"-

Флора же выглядит в отчаянии: "Моё имя, Флёр, но я не из Африки..."-
В тот же миг, первый из Сил Флота останавливает её; и, вращается назад, где он криком к Абдуллахи, при чём оп накалён до предела: "Эй, ты! Кто ты ёбаный, думаешь ты есть, на самом деле? Но, если вы думаете, что мы можем быть испуганны, и, собираемся реагировать на твою собачью ерунду? А, ну-ка отдай сюда нам, гранату?"-
Абдуллахи же, вместо того, иронично: "А, если я не отдам? А, если у меня такое чувство, что я хочу взорвать её вместе с кораблём?"- У него тут усмешка; и по-прежнему он фиксирует, прижимая ей руку к гранате; в добавление его рука смещается с её волос; и, тут же, его пальцы опускаются к ней на воротник.

Хотя Флора и застенчива, но, её лицо предстало каменой-белую от страха, с широко раскрытыми глазами; учитывая, что её свободная рука, трепещет; когда она пытается, удержаться.

В это время стал говорить первый из сил флота так, но, строго: "Я повторяю, что ты сумасшедший, наряду со всеми пиратами, и, ёбаными помощниками! Дай женщине уйти! Я предупреждаю тебя, в последний раз! Ты слышишь, меня?"-

А, Абдуллахи напротив, действует с точки зрения в противоречие: "Твёрдый фасад! И, вдруг бум!"-

Тут же, он показывает обе свои руки, жестикулируя ими в воздухе, где есть сцепление гранаты; при чём, он ухмыляется, с иронией. И, всё же первый из Флотилии мешает ему, без сожаления:

"Послушай, ты! Брось заниматься дерьмом? Отпустите, её! Давай, заключим сделку? У вас остаётся ваш корабль! Что ещё, вы хотите?"- Теперь первый из Флотилии делает глубокий вздох; а, затем, он продлевает разговор: "Вы пошли категорически против закона в таких делах, как гонка вооружения и, хранение наркотиков! Выезжайте, идите в поход, куда вы планировали! Зачем она вам нужна, вместе с теми заложниками?"- Тут первый из Флотилии замолкает. Но, он с критическим взглядом на Абдуллахи. На сей раз, второй из Сил Флота, в качестве переговорщика, со-сладкими речами: "Абдуллахи, почему бы вам, не отдать мне гранату? Давай, заключим сделку? Этот фарс нужно закончить прямо сейчас! Вы не можете убить эту женщину?"-

Внезапное изменение в планах - второй из Сил Флота бросает армейский, сделанный по-заказу нож, а, он летит прямо, но, попадает Абдуллахи в предплечье его мясистой ткани, ранив его при этом: "Ой!"-

А, в судовой, в то же время, беспокоится Лейтенант наряду с двумя другими офицерами из ВМС, когда заходят в чью-то каюту; где они видят, что Сид был там. Однако, сержант раздражается: "Что - в истерике? Очень жаль, ты - мудак!"-

Но, Сид так легко не сдаётся. Он тут же неожиданно нападает на сержанта с трубой; нокаутировав Бальтазара. Тот факт, что сержант не может справиться с ситуацией под риском, и, в результате, он рухнулся вниз, на пол.

В связи с этим, лейтенант накалён до предела: "Что за чертовский беспорядок присутствует, здесь?"-

Он тут же вращается, и, в результате, бежит за Сидом, который сделал попытку вырваться - проходя уже через доступ входа и выхода.

Сейчас лейтенант защищает сержанта с теми остальными из Сил Флота от огнестрельной пули; тогда, как Бальтазара перезаряжает магазин в пистолете, по-средине событий...

Там, у выхода Сид вдруг, спотыкается через порог, о болтавшуюся на петлях, деталь, и, в самом центре каюты.

А, здесь в это время, в поле зрения - травмированный сержант Бальтазар, который падает вниз...

Вот тогда лейтенант вступает в борьбу, сталкиваясь в рукопашной с Сидом. И, он сейчас уже поднимает стол, и вздымается, как ошеломлённый на лейтенанта; который в результате, приседает вниз, по-кривой.

Кригер же наносит удары по Сиду - это выглядит убедительно; но конечном в итоге он портит. Сид же раскачивается над. И, вкушает!

Вдруг раздаётся Взрыв! Внезапно одним ударом нанесён по желудку Кригера, а, У Сида - металлическая трубка в руках. Удар, и это причиняет боль лейтенанту под-углом, который здесь замечен, но, он - неподвижный... Чтобы оградить Кригера от трубы Сида, сержант делает выпады в сторону парны туда, чтобы владеть инициативой, при обмене ударами между ними.

Сиду только сейчас удалось нанести жёсткую порку сержанту металлической трубой в его руках. Это выглядит убедительно. Эффект от ударов загоняет сержанта, ниже. И, здесь внимание приковано, как Сид готовится к убийству…

Только Сида удаётся остановить на его треке, лейтенантом Кригером, который рычит: "Ар-р! Р-р-р! Ах, ты мудак!"-
На сей раз Сид кричит на французском языке: "К чёрту!"-

А, лейтенант в этот миг, перемещается к цели; и пробивая ударами, бичуя хлыстом, выбивает трубу из рук Сида! Но, Сид, напротив, вытягивает пистолет, и висящего на поясе его бедра, и, пытается стрелять на него.
Но, на месте событий, наблюдаться, у Джакаяла преимущество перед сержантом. С усмешкой на устах, Сид начинает убегать.
  А, Кригер тут как тут, следует за ним, делая новые попытки и, стреляет сквозь трубку, используя это, в качестве щита.

Однако пуля пробивает его, когда попадает ему в мышечную ткань ноги. Хотя Сид идёт вниз, всё же было жуткое искажение мимикой, на его лице.

Лейтенант же, стоящий сверху, над Сидом, зол: "Бросай свой пистолет, козёл! Я сейчас, как никогда, в хреновом настроении! Особенно после, того, как твои пираты установили ловушку для моих парней!"-

Потом лейтенант вращается, стал лицом к Бальтазару, который волнуется: "Ты в порядке, сержант?"-

А, сержант же пытается подняться: "Да, командир! Ублюдок не возьмёт меня так легко!"-

Сейчас можно понаблюдать, как Кригер нагибается, чтобы подхватить его: "Давай-ка, сержант, вставай! Но, медленно."-

Затем, он крутанулся, сталкиваясь с теми остальными из Сил Флота, и сосредотачивается на них: "Теперь вы будете охранять нас. Давайте, пошли, мы должны найти тех заложников?"-

Немного спустя, эти с Сил Флота под командованием лейтенанта, и, находясь в судовом отсеке аилов, приблизились к двери каюты рядом с купе Сида. В сложной ситуации он бормочет, давая намёк, на дверь замка: "Ребята, дверь заперта!"-

Заново лейтенант крутит дверную ручку; а, там прямо на входе; видно, как Кригер находится снаружи - неподвижен.

Тогда, один из Флотилии, сейчас пытается открыть двери; и начал атаку, используя при этом, пулемёт, с нагрузками съёмки.

На сей раз первый из Сил Флота даёт намёк глазами, при этом бормочет: "Я постараюсь взорвать эту чёрт подери дверь?"-

Здесь голова лейтенанта двигается вверх и вниз, с подмигиванием: "Чуваки, вы должны получить систему правления в ваши руки?"-

Внезапно - взрыв! Пластиковая бомба под напором, сбрасывает дверь при цельном буме!

Лейтенант тут дёргает дверь каюты, чтобы открыть, и видно, что оно выходит, препятствуют больше, сойдя с петель, и вряд ли висит, как бы помехой на своём пути в...

Тихоходно, лейтенант наравне с другими из Флотилии, уже входят в каюту; где попадают в поле зрения группа по крайней мере, из семи человек. Среди них трое предстали люди с белой кожей. И, ещё дюжина экипажа судна держат в заложниках; с точки зрения здравого смысла все - в панике.

Тем временем, в каюте Флоры - кратко, несколько из Сил Флота появились здесь, на пороге.

А, в это время, Флора замечена среди них. При всех трудностях там слышится, как один из этих Сил Флота проверяет для лейтенанта.

Хотя этот первый из Военно-Морских Сил, накалён до предела, и, всё же он даёт сигнал глазами туда, где его, партнёр: "Ублюдок, он не позволил женщине уйти!"-

Тогда же лейтенант крутится в сторону Военно-Морских Сил, и берёт в ситуацию руки. И тут же командным голосом он: "Ребята, следуйте, за мной, прямо сейчас! Мы должны найти лидера те пиратов?"- Теперь он замолкает; а, затем вновь: "И, нам ещё нужно найти того, кто производил телефонные звонки? Может кто-то из вас указать нам на них?"-

В свете тех событий, Флора поднимает руку вверх; и, без их согласования гласит так, будучи вся на нервах: "Я помогу вам опознать этого Сида, кто отдавал приказы, тем Пиратам! Он также делал телефонные звонки, и требовали выкуп за всех нас здесь!"-

Тем временем, в кабине судна Сида наблюдается, как лейтенант, в компании с несколькими из хороших парней из Флотилии входят, в ту намеченную каюту.

Среди них видно Флору; и, она горит желанием, а, по-сему она говорит быстро: "Прежде судно принадлежало Абдуллахи. Сейчас оно оккупировано Сидом, кто также находился здесь, я уверенна в этом!"-

Немного спустя, Флора входит в каюту наряду с Сержантом - они склоняются над Абдуллахи, так как он получил ранение. В связи с таким опасным испытанием в режиме тщательного, команда из Флотилии перенимает пост наблюдения за Абдуллахи, который был задержан Бальтазаром, из его рук; и, кто справляется с тем? И, здесь, внимание приковано к Сержанту, когда он надевает наручники Абдуллахе на запястья. Внутри каюты Флоры, где замечено несколько человек из Сил Флота один среди них является лейтенант; видно, как он тут был занял беседой на-линии коммуникаций, по-рации.

Тот факт, что Флора прислушивается, как человек в открытую даёт намёк кому-то; и, тот самый первый из Флотилии болтает, с помощью устройства приёмного передатчика, произнося: "Все заложники, находящиеся на борту, живы! А, одна между ними - молодая женщина! Она нуждается в медицинской помощи! И мы намеренны отвезти её на берег, в ближайший госпиталь?"- Сейчас лейтенант становится нетерпимым; и будучи быстрой заменой, когда берёт на себя право от спикера ВМС. Ввиду проблемы лейтенант подразумевает, в ярости; и при этом, он разговаривает громко через устройство приёмного передатчика: "Да, командир, все они здесь больные, чёрт возьми! Что ещё? Вот тут, есть новый прототип между пиратами, но, он не говорит на английском языке. 'По-этому, нам нужен переводчик сейчас, с тем, чтобы..."-

В ту же секунду Флора перебивает его. Тогда же, в знак протеста, она говорит-так на ладу, и, громко: "Он - ублюдок! Безнадёжный лжец! Да, он знает Английский хорошо, чёрт его побери! Прежде всего он - Сид, и, предводитель тех пиратов!"- Здесь Сид перебивает её - заявляя в гневе: "Заткнись, и пошла ты нах..! Да, ты - сука!"- Он здесь сделал сдвиг в сторону Флоры, и тут же хватает её за запястье, крепко.

Вдруг резкий скачок Жан-Люком, который пытается оградить Флору. Импульсивный прыжок проделан также и лейтенантом, чтоб вызволить руки Флоры; он затем, откладывает рацию в сторону.

И, всё же первым говорит Жан-Люк. Похоже, он симпатизирует Флору, когда заглядывается на неё. На сей раз Жан-Люк утверждает, сердито: "Оставь её, в покое! Ты- придурок!"- Но на месте, Абдуллахи, поднимает руки вверх, в воздух, и - капитулирует...

А мы переключаемся сейчас на описание внешности Жан-Люка, его возраст - в начале своих тридцати лет; чуть выше среднего роста. Он хорошо владеет Английским языком, и, всё ещё произносит слова, с незначительным Французским акцентом. Хотя он довольно симпатичный парень; брюнет своим цветом волос; голубоглазый; и - с небольшим загаром, от эффекта солнечных лучей. Здесь взгляд невольно падает на то, что у Жана-Люка уникальные черты; даже, если, он был не побритый; хотя среди других человеческих качеств, его появлением в таком не ухоженном виде - подходило его внешности.

И в то же время лейтенант, любопытствует: "Да, оставь ты, женщину быть, как ей надо! Молодец, мужик! Как тебя, зовут?"- А, реакция того: "Я - Жан-Люк, и работаю на 'Врачи без границ'! С точки зрения здравого смысла, я в поддержку того, чтобы лечить тех Африканцев, у кого может быть плохое состояние здоровья. И, меня также держали в заложниках Сомалийские пираты, на этом корабле!"-

Сразу, как только Абдуллахи надели наручники, кто без церемонно заговаривает; но, у него тусклый взгляд, и - пессимистично:

"Ну, что же, это - конец финишной прямой. Этот день стал сожалением к существованию для всех нас, на борту!"-
Тогда же лейтенант оборачивается, чтобы глянуть на него: "Почему вы так, пессимистичны? По-причине, что вам не удалось нажиться на тех с белой кожей, на этом корабле?"-
Таким образом, он по-настоящему осторожен; кроме того Абдуллахи создаёт впечатление, что ему было скучно, хотя его не трогает судьба других, при этом в его глазах...

Внезапно Джакаяла прервал их, когда перенял речь от Абдуллахи; у Сида замечен тусклый взгляд; и, он, подразумевая резком тоне: "А, вы знаете, что офицер, у Суданцев есть мудрая поговорка ..."- Он сейчас дышит глубже: "Соль приходит - с Севера! Золото приходит - с Юга! Вода приходит - с Моря! Потому, что деньги приходят от людей с Белой кожей!"- Склонность к плохому, отражается в глазах военных сил, у кого наблюдается, в коем случае выраженно их суровое отвращение к пиратам.

То и дело, лейтенант ухмыляется; и, как с иронией судьбы, говорит так: "Ну, и сюрприз-сюрприз! Вы, да, говорите по-английски, не так ли, Сид? Эй, это ещё не конец для тебя здесь, а также для твоих помощников. Вскоре все вы пожалеете, что когда-то родились!"-

Однако, Сид будучи уверенный, гласит: "Не будьте так самоуверенны, командир! Я знаю свои права!"- Тут же на месте, Кригер стал раздражённым: "Что, чёрт возьми, ты можешь сделать, придурок?"-

Но, здесь он прерывает его, тем самым не дав ему досказать: ну, а лейтенант тут командует: "Сержант, отправьте-ка к чёрту пиратов, на берег! Срочно!"-

Позже, ещё в разгар морской поездки, лейтенант Кригер полу-шёпотом, но, как бы лукавит, и, такой же его голос, когда он, ухмыляется к сержанту Бальтазару: "А, знаешь, что сержант, та женщина, Флора на вид - совершенно потрясающая! В одном смысле, Абдуллахи был прав..."- Но, сержант прерывает лейтенанта, тем самым не дав ему досказать, и, он здесь говорит-так, серьёзно: "Послушай, лейтенант, скажу тебе, как мужчина-мужчине - отвали! Лишь не так давно, как вы женились у себя на родине..."

ЧАСТЬ – VI

УДИВИТЕЛЬНО - СТОИТ ЖИТЬ

ГЛАВА 22

Прибытие совместно в сумерках в береговой госпиталь, при чём те заложники они находились в заложниках ранее в драме, когда их держали пираты на судне. Вот тут они все отчаянно, но терпеливо, ожидают своей очереди, для мед-осмотра.

Учитывая тот факт, что Флора среди них, была освобождена впервые, за какое-то время, наряду с теми другими восьмью заложниками, кто также считается. Было заметно, что состояние её здоровья было плохим.
В связи с побочными эффектами, Флора принимается в клинику до группы остальных семерых больных. И так она идёт на проверку в кабинет к доктору, по-этому поводу...

После исхода обследования, она оказалась в больничной палате, где Флору осматривает врач, и кто тут же зовёт медицинский персонал.

Несколькими минутами позже, Флора схватилась за, и уже не отпускает руку Жан-Люка. А, он, в свою очередь инструктирует медицинский персонал а, они, кто уже стали бегать взад, и, вперёд.
Для воздействия лекарств на неё, они Флоре срочно дали инъекцию; а, затем, последовал - наркоз.

Но, её потревожили; теперь она чувствует себя слабой; выглядит так, будто, она ещё не до конца осознала своё присутствие здесь. В следствие этого, она сделала запрос. На сей раз Флора неспокойна: "Доктор, что тут, происходит? Что-то не так, со мной?"- А, второй хирург, на ломанном Английском стал убеждать её: "Форс мажор, дорогая! Не переживай, мы сможем тебя хорошенько подлечить! И, ты будешь здоровая, вновь!"-

Удивительным образом, Жан-Люк появляется. в операционной; и, обращается к доктору. Похоже, что Жан-Люк обеспокоен: "Я - врач! И, если вы позволите мне примкнуть к вам во-время хирургической процедуры? Я мог бы находиться под рукой у вас, в операционной?"-
На месте, первый хирург разглядывает его удостоверение личности: "Кто вы? Как вы получили эту карточку? Откуда вы, родом?"- Жан-Люк напротив, настойчив, отвечая громко: "Как, я уже говорил прежде, я - Врач! Моё назначение было утверждено Главным Комитетом Госпиталя, чтобы я мог делать эту операцию!"- Оба врача и медсёстры уставились на незнакомца, с сомнением; в то время, как они потрясывали своими плечами. Теперь один среди них, кивает головой, в знак согласия - а, второй хирург, качает головой вверх и вниз, и, объявил: "Хорошо! Пошли, тогда! Присоединяйся к нам, у нас нет времени!"- Этот человек - второй врач, оборачивается, и, обращается к медицинскому персоналу: "Приготовьте, всё для хирургической операции!" Тут же, доктор наряду с теми медсёстрами уже перемещают Флору с больничной койки на тележку.

И, он крутиться вокруг неё; и, на сей раз, обращается к мед-персоналу. Но, в это время второй хирург, вмешивается: "Уже всё готово для хирургической операции?"-

В тот же миг, одна медсестра без слов, кивает головой. Врач, затем наклоняется к Флоре. А, другой врач даёт указания и, о чём-то информирует медсестру; когда этот хирург во все услышанье, делает достоянием общественности: "Отправьте, эту пациентку в операционную, и, срочно!"

Потом, подъехав на тележке ближе к операционной, Флора чувствует сонливость: тяжёлые веки её глаз были закрыты. Хотя её мозг всё больше наращивался, привёл к отключению - таким образом, была осуществлена цель, при этом, она впадает в беспамятство.

Но, этот пробивающееся свет, сквозь яркое освещение начало угасать; а, затем отключилось; вот тогда у неё зрение и, стало расплывчатым. Флора - вырубилась в - и, стала терять сознание.

ГЛАВА 23

А, в это время дня и суток, на улицах городка Нью Хейвена – великолепный день, хотя заметно, там всё ещё лежит снег, покрывая поверхность, улиц. Здесь привлекает внимание погода - Зима, что находится в своей последней стадии. Сейчас - дождливый день, в Нью Хейвене - и, выпадает множество снежных осадков.

Между тем, на чём-то пороге - посетитель, который звонит во-входную дверь, что оказывается приходится на дом семьи Уитморов - итак, этот гость звонит в звонок. А, восприятие звука идёт от резонанса, и, усиливается при шуршании чьих-то шагов.

Тем временем, внутри дома: Флорина мать - Вирджиния, пешим ходом, и, подходит в непосредственной близости к входной двери.

Там, на крыльце видно того же человека, с кем у семьи состоялась беседа, какое-то время назад. А, в это самое время гость, обращается: "Миссис Уитмор, добрый день! А, ваш муж сейчас - дома?"- Вирджиния здесь предстаёт со-смущённым взглядом: "Да, он есть. Чем мы можем, вам служить? У вас есть какие-то новости, в отношении нашей дочери, Флоры? Она - в порядке?"- А, гость в ответ: "Да! Вот почему, я специально и пришёл к вам в дом, чтобы поговорить с вами обоими! Могу я войти?"- Она тут же отступает в сторону: "О, да, конечно! Пожалуйста, входите, г-н, Мэнсон!"-

Тут можно наблюдать, как посетитель прогуливаясь вперёд, следует за Вирджинией, на расстоянии вытянутой руки, позади; когда они уже входят в гостиную. А, там внутри предстают, сидящими Флорина бабушка - миссис Кэтрин; а, рядом с ней её муж - Хэмиш.

А, также считаются: отец Флоры, наряду с её братом, Джейсоном, который смотрел с интересом программу новостей, по-теле-каналу.

Когда посетитель с Вирджинией, позади, появляются в их гостиной, она тут же, привлекает всеобщее внимание, разговаривая громко, но, на ладу: "Джейсон, да выключи ты этот чёртов телевизор!"- Джейсон в таком случае, вращается вокруг; и, там он сталкивает с тем посетителем, который, появляется тут. Он затем, хлопает по-плечу своего отца; но, Карл подразумевает с раздражением, при этом, оборачивается вокруг: "Какого чёрта, делать..."- Он прекращает говорить, как только сталкивается с этим гостем, кто поражает его: "Прошу прощения, сэр! Видите ли, мы оба смотрели последние новости! Видите ли, мы оба смотрели последние новости! И, я узнал, что в Африке пираты захватили корабль, с заложниками на борту..."- Здесь посетитель прерывает, тем самым, не дав ему досказать - прибегая к обобщению дела: "Вот, почему я и пришёл сюда, чтобы сообщить вашей семье! Я только хочу, чтобы вы все не волновались..."- Однако у Вирджинии повышается возбуждаемость, она находится в бешенстве, когда она потревожила его; при этом, её лицо резко изменилось: "Какие новости вы принесли, нам?"- А, посетитель реагирует на: "Не пугайтесь! Но, в одном вы правы, сэр!

'Когда я вошёл, вы смотрели новости, о том, что корабль, был захвачен пиратами, с заложниками на борту, у побережья Сомали, тоже верно. К несчастью, ваша дочь была одна из заложников, там. Благодаря Военно-Морским Силам, это они между другими нашли её. Мы получили звонок из Посольства, короткое время назад, по-поводу её. Итак, я поспешил, чтобы сообщить, вам..."- Но, его перебивает Карл, поднявшийся с места, и он выглядит расстроенным; и, тем самым, не дав тому досказать: "Что вы, сказали? Моя Флора находилась в плену, у пиратов? Как она там оказалась, в первую очередь? Бога ради, она замужем, за Мбеки?"- Спросил Карл, тревожно. А, посетитель даёт знать семье: "Очевидно, что она, нет. В соответствии с Танзанийским Законом, брак за пределами их страны является незаконным, и, не может быть признан, там. В действительности, здоровье Флоры - в порядке! И, вы не должны беспокоится о ней!"- Тем не менее, Вирджиния предстаёт тут, мрачной; кроме этой последней, там видно миссис Кэтрин, чьё состояние - подобно той; тогда, как её муж - Хэмиш, был весь на нервах. Как следствие, Вирджиния высказывает свои мысли, при чём, она плачет, и, слышно выражение скорби в её голосе: "Моё бедное дитя! Мне нужно подняться в небо, сразу же, и быть в Африке! Я хочу видеть мою дочь, сейчас же, и позаботиться о ней!"- Но, посетитель гласит в ответ: "Мне неизвестна вся история, что произошла там. Но, ваша дочь, в этот момент помещена в госпиталь. Я предлагаю всем вам успокоиться, и не торопить события. Вы не сможете полететь сейчас, по причине, что вы должны подать заявление, 'на получение действительной визы, что может занять какое-то время, для её оформления. Итак, я советую вам следует набраться терпения. С ней будет всё хорошо, и скоро она вернётся назад домой, к вам!"-

ГЛАВА 24

На следующее утро, в Африканской больнице, в огороженном под-навесом площади, наблюдается, как врачи и мед-персонал обследовали пациентов.

Внутри одной из таких загороженных палат, внимание приковано к Флоре, переживавшей критически-методический осмотр.

Здесь в поле зрения попадает аварийность в спешке, что была, после вводных ей процедур, при хирургии; вследствие чего, она спала около четырнадцати часов, в подряд...

Теперь обращает внимание, что те господа, в палате, двое среди них, являются врачами, и Жан-Люк считается тоже. А, третий человек - с Посольства с родины Флоры.

Тут понятно и без слов, один из них обследует её, в центре навеса, что был скрыт, от глаз; и, сразу начался обмен слов между врачами, которые носили белые халаты, со стереоскопами, свисавшими с, и, отдыхавшие, вокруг их шеи. Флоре же пока, доносятся звуки, как посетители шепчутся.

А пробудившаяся Флора чувствует резкую боль ниже её живота, что до сих пор, причиняло боли ей ещё с момента, как ужасное кровотечение возникло. Помимо этой неподходящей ситуации, где в суставах её плеч чувствуются – заморожены; и, она находит себя, прикреплённой к капельнице. Похоже, Флора - нетерпелива; когда она становится вдруг, расстроенной.

К её ошеломлению, тот медицинский персонал говорили по-английски, она тогда смело нарушает идиллию тех, беседующих между собой, врачей.

Вдруг Флора выкрикивает, на английском языке: "Извините, пожалуйста, что здесь происходит? Почему, мне подключили эту капельницу?"-

Однако, находящийся здесь Жан-Люк, предотвращает для неё дальнейшие выяснения: "Разве, ты помнишь, Флёр?"-

Здесь второй хирург - так-называемый, дополняет: "Вчера вечером, когда вас доставили в госпиталь? Вы пережили операцию?"-

Сейчас у Флора начали намеренно пробуждаться мысли, что могло быть в её воспоминаниях, из инцидентов раньше.

И всё же, эти врачи растревожили в ней ностальгию. И, она вдыхает полный смысла. Внезапно всё сразу: ей доносятся отголоски среди посетителей, занятых в обсуждении.

Дальше они привлекают сюда Флору, с её противоположной точкой зрения; при чём, один из них глядит ей в глаза, с явным запросом, и, на английском языке: "А, ваше имя, не приходится - на Флору Уитмор, случайно?"- Она же выглядит, будто - шокированной: "Да! И, что с того?"-

Но Флора тут же обращается к другому человеку, кто, предстаёт тут, будучи врачом, когда спрашивает прямо, но, её голос при этом, дрожит: "Доктор! Можете ли вы объяснить, что со-мной не так?

'Почему вы запросили провести хирургическую операцию, на мне?"- Однако, Жан-Люк вторгается; тогда же он и, исповедуется: "У вас был выкидыш, я сожалею!

'И, у вас было обильное, внутреннее кровотечение...”- А, второй врач останавливает его; тут принимая глубокий вздох, он следит за тем: “Это сложная ситуация возникла у вас, за последние несколько дней? А, хирургическая процедура была просто необходима, чтобы мы провели, в таком случае!”-

Теперь первый хирург гласит ласково, при этом, следит за тем: “Тем не менее, не пугайтесь! Вы сможете нарожать детей, в будущем...”-

Но, его прерывает Флора, тем самым, не дав ему досказать; а, в это время она видит, как ново-прибывший проходит сквозь завешанные, шторы.

По-воле судьбы она расстраивается и, вот-вот заплачет. Таким образом, выражая свою скорбь, Флора просит врача, хотя, она всё ещё рыдала, что могло быть причиной её состояния; тогда, как у неё речь, с интервалами: “Доктор, что вы имели ввиду, под выкидышем?”-

Сейчас первый хирург деликатным тоном объясняет ей, и, следит за тем: “Вы были беременны. Я - соболезную!”-

И, в тот же миг, Флора находится на грани срыва, и, сильно плачет, с полу- и интервалами, между всхлипами.

Потом, она вдруг, стала допрашивать, в знак протеста: “А, каков был срок моей беременности?”- А, второй хирург даёт ответ: “По-крайней мере - восемь недель. Честно говоря, такое может произойти при первой беременности. А, с вами всё будет хорошо, поверьте мне.”- Видно, что Флора всё ещё расстроена до слёз: “Как вы можете, быть таким жестоким? Просить меня об этом? Проклятье, да я буду в порядке?

'Вы хоть понимаете, что всё далось ценой жизни моего ребёнка?"- Она тут начала рыдать.

В следствие чего, врач кричит, с тревогой: "Медсестра! Подойти сюда, срочно! Введите этой пациентке укол транквилизатором, и без колебаний!"-

После получения инъекции, Флора стала умиротворённой. Наблюдается, как после этого, она постепенно засыпает...

Вечером того же дня, как только Флора просыпается в больничной палате: осознание ею потери ребёнка, которого она выносила в животе; дало о себе знать; и, приводит её снова - к печали; к выводу тихой словесностью. При всех трудностях, Флора тут выражаете свою скорбь: "Это - цена, которую я заплатила за потрясения в разбирательстве, переживая на себе обильное кровотечение, тогда, на том проклятом корабле? И, я даже не оплатила за подслушивание..."-

Как вдруг, незнакомый голос человека, кто вырастает, сопоставимо с её больничной койкой, и нарушает её мыслей в слух. Эта персона - среднего возраста женщина, втягивается сюда; когда она искала с кем, потрепаться. Её слова попадают прямо в точку, нежным голосом: "Здравствуйте, Флора! Я вижу, что ты уже проснулась. Меня зовут Элизабет. Я здесь работаю врачом-психиатром..."- Но здесь Флора прерывает её, с беспокойством: "Я не приглашала психиатру!"- Теперь Элизабет глядит ей в глаза, объясняя:

"Флора, мне не безразлично, что вы пострадали. Вы не должны терзать себя, дорогая."- А, у Флоры здесь быстрая речь, но, встревоженная: "А, это вас не касается! Это - моя жизнь! Да, пошли вы, с вашим обществом лицемеров, на мне не сработает, оно! Понятно?"- Но, Элизабет объявляет, будучи, деликатной: "Флора, пожалуйста, позволь мне, помочь тебе! А, если нет, то вы сойдёте с ума! Поверь мне, Флора, вы - на грани психоза, и, эмоционально попали в..."- Но, она всё-таки прерывает не дав, тем самым досказать Элизабет - Психологу; и, Флора подразумевает тут сердито: "Вы говорили только вот, что я страдаю от психоза?"- А, Элизабет даёт ответ: "После испытаний, которые вам пришлось, пережить! Особенно, когда вас держали в плену, на корабле; и, возможно у вас оно развилось? И, если вы, Флора, позвольте мне вас исцелить? Но, если вы, предпочитаете лечиться у того нового врача, Флора?"- Но, Флора прерывает её: "Я ничего против вас не имею. Разве, что, я бы хотела лечиться у него!"- Здесь Флора указывает рукой в сторону доктора, мужчины, которого прежде держали в заложниках, как и, её. Это - ни кто иной, как - Жан-Люк, кто ранее, таким образом сообщил о её выкидыше...

На сей раз, Элизабет реагирует: "Вы имеете ввиду Жан-Люка? Если таково ваше предпочтение, Флора?"- Здесь Элизабет поворачивается, и сталкивается с Жан-Люком. Но тут, Флора прерывая её, объявляет: "О да, Элизабет, я предпочитаю его!"- Она, ещё кивает головой вверх и вниз: "Я знакома с Жан-Люком хорошо, и доверяю ему!"- Элизабет оказывается перед Жан-Люком, с кем Флора хорошо знакома.

Именно его она рада была видеть; после возвращения к жизни, после хирургической операции. А, Элизабет глядит с удивлением: "Жан-Люк, что вы думаете обо всём? Будете ли вы, заботиться о ней? И, помогать ей преодолевать осложнения? Пока к ней не придёт полное выздоровление? О, и, пока я не забыла, Жан-Люк, вы можете оставаться работать в больнице, ну, только, если Флора хочет того?"- И, он сразу же согласился: "Ради неё я буду стараться изо всех сил!"-Если описывать здесь Жан-Люка улыбку, оно как бы забавляло.

И так Флора находится в больничной палате под наблюдением, доктора, Жана-Люка; кто разработал метод лечения, для значительного улучшения её здоровья. Он обычно заходит по-многу раз к ней в палату, после своей смены; и, с ходу: "Флора, сожалею, но, ты пока не смогла выкарабкаться. Это означает, что ты ещё пока, не можешь выходить на улицу!..."- Он тут замолкает; и глотками вдыхает воздух.

На ссй раз Жан-Люк смотрит на неё; а, затем спокойным голосом, он продолжает: "Тебе не только надо залечить раны, на поверхности твоей кожи. Чтобы прояснить более об этом, мы должны позаботиться о вашем эмоциональном шраме, что перерос у вас в состояние, пост-неврологической травмы..."- Теперь Флора улыбается: "Я знаю, и, абсолютно с вами согласна, Жан-Люк! Но, после многих событий, что мне пришлось пережить..."- Она тут прекращает речь; и начинает плакать. А, затем, она вновь продлевает, но, Флора расстроена до слёз:

"С тех пор, как я повстречала Мбеки... Таким путём, оно может было эффектом, во-время моего путешествия в Африку..."-

Всё же, интуиция Флоры давала ей намёк, чтобы иметь доверие к Жан-Люку, при его опоре.

Она бывало проводит часами с Жан-Люком, который появлялся из ниоткуда. Он мог заводить прямо разговор с ней, описывая сюжет, со своим хмурым лицом, в загороженной палате.

Порой Жан-Люк был строгий: "Флора, я на сегодня свободен! И, на ежедневной основе труда - всё во-благо здоровья моих пациентов!"-
Флора же здесь, остроумна: "Так вот, я слышала сплетни, что доказывают ты – прекрасный врач, и человек с добродушием?"- Он в свою очередь, с улыбкой, реагирует: "Ну, что же, я стараюсь изо всех сил, чтобы триумфально одолеть плохое состояние здоровья... Я сохранил хорошие отношения с теми Африканскими пациентами! Сейчас, Флёр, давайте поговорим о вашей трагедии? Расскажите мне о кризисе, которому вы подверглись. Как вы оказались на том Богом забытом корабле, да ещё в плену у пиратов?"-

А, в больницу Жан-Люк обычно приходил повидаться с Флорой, которая отдыхает в огороженной под-навесом, площади, палате.

В момент, как он свободен от служебных обязательств, Жан-Люк бывало зайдёт, для её вне-очередной процедуры.

Почти ежедневно, врач Жан-Люк удивительным образом обычно оказывался, приходя в её палату, во-время своей смены, чтобы по-беседовать с Флорой; и, рассказывая ей историю его жизни: "Несколько лет назад я обратился в организацию - Врачи Без Границ к руководителю!"

Время от времени, Доктор Жан-Люк бывало сообщает Флоре о обновлениях; при этом, он - очень довольный: "Работа врача заключается в сочувствии простым людям. И, заботиться о больных - попытаться обеспечить неотложной медицинской помощью о тех, кто прошёл через тяжести жизни. И, для них могут быть отчаянными в потребностях?"-

Таким путём, прошла целая неделя. А, в больничной палате, в это время Флора, появилась будучи физически более окрепшей. Несмотря на то, что она сбросила на размер, или два своего веса...

Между тем, медицинский персонал взял на себя большую заботу о Флоре, по-уходу за восстановлением её сил, в том госпитале.

Но важнее всего то, что Флора и Жан-Люк тут предстают с любовью друг-к-другу. И, что играет на пользу для обоих - всё благодаря их взаимной дружбе.

Однажды Жан-Люк заходит, как обычно осмотреть Флору в огороженную под навесом, палату.

В этот его приход к ней положило отпечаток, так, как он было бессловесным; здесь Флора выглядит радостной и здоровой. Она улыбается ему; а, он на месте, сразу заметил, что у неё на лице макияж.

Когда он примечает эти изменения, это - поражает его И, так Жан-Люк восклицает, при чём его глаза, широко открыты: "Флора, вы выглядите сияющей? Вам уже легче? Что, происходит, расскажи мне?"- Флора стремится поведать: "Вы не поверите, если расскажу, вам? Сегодня у меня был гость, Консул с моей Родины, и, он пообещал, что как только я освобожусь из больницы, мне будет предоставлен бессрочный паспорт! И, я смогу вернуться к себе в страну! Разве это - не удивительное чудо?"- Флора тут тянет голову вверх; и, глядит на него; замолкает; а, затем спрашивает: "Доктор, но вы побледнели? Что, с тобой случилось? Разве вы не рады, за меня, Жан-Люк?"- А, у него здесь нервозная улыбка: "Конечно же я рад за тебя, глупая! Я горжусь собой, с прекрасным результатом, что я смог излечить тебя! И, я торжествую над тем, что смог побить твой Чёртов психоз!"- А, она, как назло хлопает его по-плечу. А, Жан-Люк, напротив успокаивает сам-себя; и, поощряет её жест, когда он откликается..

ГЛАВА 25

Ещё она неделя прошла. А, здесь мы попадаем в кабинет врача, при больнице.

Внезапно, какой-то человек стучится в дверь кабинета доктора.

А, в кабинете врача, в это время, заседает Жан-Люк, который поднимается

с сидения, и, тут же открывает двери; где на пороге отображается ни кто иной, как Флора. И, он в тот же миг усмехается, несмотря, что в его выражении замечено, удивление.

И так, Флору выписали из больницы два дня тому назад... Сейчас видно у Жан-Люка озабоченный вид, при этом он гласит: "Мне странно видеть вас здесь? Что-то случилось с вами, Флёр? Вы, что себя плохо чувствуете?"- А, Флора, напротив, светится в улыбке, и, радостна: "Вовсе, нет! Я чувствую себя очень хорошо! Я пришла лишь сюда за тем, чтобы сказать спасибо вам за многое, что вы для меня сделали!"- Она здесь замолкает - принимает вдохи; и, объясняет: "Доктор, я не могла уехать не попрощавшись, у меня чартерный рейс запланирован на завтра, в середине дня. Прощайте, Жан-Люк! А, я желаю вам, всего самого наилучшего!"- Теперь лицо Жана-Люка изменилось: блеск исчез у него с глаз, тогда же тех тура его кожи превращается, в бледное. Он встаёт со своего стула, и, подходит в непосредственной близости к, где она сидит. Но, у него нервозная улыбка:

"Флора, я рад, что вы побеспокоились, придя сюда, чтоб попрощаться со-мной?"- А, она отвечает, вежливо: "Я ведь не могу иначе! Тот медицинский штат, и вы лично, заботились обо мне, о многом! 'Доктор, вы мне поведали в последний раз, когда мы имели беседу о работе, на которую вы, по-вашим словам, трудитесь, как эта организация, что была указана вами, называется?"- В этом случае, он кивает головой, и, говоря нежно: "Послушай, Флора, я заканчиваю свою смену скоро. Могла бы ты подождать меня? Мы могли бы пойти в какое-то место, чтобы поговорить?"- А, Флора тут гласит с радостью: "Хорошо! Я была бы очень рада провести время свами! Честно говоря, в моём распоряжении полностью вечер для себя! Никаких особых планов, на сегодня!"-
Флора благодарна судьбе, что их отношения переросли составляя компанию друг-другу. Учитывая, что эти двое, соединены дружбой, между собой. Без всякого сомнения, Жан-Люк вернул её назад к жизни.

Сейчас можно обозреть, что Флора была почти полностью здорова, снова; как душевно, так и - физически. И, здесь Флора с широкой улыбкой:
"Я вновь здорова! Такое не могло быть возможным, только, благодаря тому, что вы совершили это, Доктор!"-
Беря во внимание тот факт, что Флора, стала рассказывать ему историю своей жизни... При этом, принимая вдохи, в перерывах между, Флора снова продолжает говорить...

Вдруг, она стала плакать; делая вздохи; она потом рассказывает ещё:

"Я помню ту жестокость, что установилась там, с самого начала; и, даже, когда мой муж продал меня..."- Область, обсуждаемая ними, про тех пиратов, что претендовали на выкуп; и ей была понятна ситуация в то время, там на судне.

Она вновь делает вдохи; и, продлевает свою историю: "Затем меня держали в заложниках на корабле пираты, с семеро другими пленными! И, как мы только могли, быть захвачены? Но, нас освободили в конечном итоге, из плена..."- Здесь Флора оборачивается, став перед ним, с ухмылкой. Жан-Люк же, напротив, поднимает иную тему: "Даю намёк, ты не задумывалась, начать знакомства, с кем-то, снова?"-

В этой ситуации Флора поражена; и, глубоко дышит. На сей раз, она больше думает; когда затрагивает иную тему: "Нет, и, при том в течении длительного времени, Жан-Люк! Несмотря на трудности, я рада, что преодолела тяжести жизни, через которые, мне пришлось пройти. Сейчас я чувствую себя, самым счастливым человеком на земле, будучи в живых..."-

Позже, в тот же вечер, парочка решила сходить в таверну. Эта парочка проводя там время, что затянулось, далеко за полночь; не подумайте они не занимались любовью; а, наоборот, там, они обсуждают, внимательно, отношение к...

Флора, напротив, поднимает здесь тему: "Как, такое ужасное, может быть?"- Он здесь - напряжён; когда рассказывает свою историю, с серьёзным видом:

"Я не мог быть бессердечным перед лицом смертностей в мире! И, я решил поехать в Африку, с целью работы! А, также принять участие, чтобы спасти человеческие жизни от! И, я намерен быть медицинской помощью прямо сейчас!"- Теперь Флора - мрачная: "Несмотря, на все трудности, даже то, что не уважали меня эти африканцы, когда они относились ко-мне, как к аутсайдеру подставляя, прохладное плечо. Но, с точки зрения здравого смысла, я чувствую, тревогу за местное население!"- Но, тут Жан-Люк вмешивается, с важной целью, чтобы убедить её остаться, и, послушать: "А, давайте, сменим тему? 'Ваш полёт запланирован на завтра, мне известно об этом. Послушай, если вы передумаете и, останетесь, Флора? А, затем подадите заявление в Организацию, таким образом, мы можем работать, чтобы помочь совместно этим бедным и, больным африканцам?"- Сейчас Флора поражена: "Ничего себе! Ух, ты? Доктор, подождите ка, секунду! Я лечу к себе на родину! Но, я не говорила, что заинтересована остаться в Африке, прямо сейчас?"- На сей раз Жан-Люк, с нетерпением: "Видишь ли, Флора, я не мог поведать тебе раньше, чтобы не спугнуть тебя? Но, правда в то, что - я люблю тебя, всем сердцем!...- Но, она прерывает тем самым, не дав ему досказать: "Послушай, я не знаю, что тебе сказать?"- А, Жан-Люк, тут сгорая от желания: "Пожалуйста, позволь мне сказать? Я влюбился в тебя, с момента, когда ты храбро выступила, против пиратов!"- Он здесь замолкает; глубоко вдыхает; затем Жан-Люк рассказывает ещё, как влюблённый: "И, ещё в больнице, когда я провёл хирургическую операцию на вас! Вы - мой кумир, я восхищаюсь вами!"-

Он вдруг прекращает говорить; принимает вдохи. Жан-Люк на сей раз, выглядит умоляющим, так, как он мог быть омрачён: "Мой самый большой страх, это - что, если вы уедете сейчас, мы с вами больше не увидимся вновь, Флёр?"- Теперь Флора кажется сконфуженной: "Жан-Люк, я ценю ваши чувства. Но, звенья событий одной цепи, через которые мне пришлось пройти, не позволяют мне даже думать о каких-либо отношениях, сейчас! Мне очень жаль, Жан-Люк, что я обидела ваши чувства, но..."- И, всё же, он любящим тоном: "Я знаю, что ваше здоровье таким образом, смогло улучшиться? Тем не менее, вы были травмированы, и, чтобы выздоровели, вам понадобится в течении долгого времени! Я готов ждать ваше решение столько, сколько вам нужно! Я люблю вас, Флора, помните об этом!"-

Долго после, того, как Жан-Люк ушёл; а, она освещает себя с рефлексами; что до сих пор, безусловно: "Когда сталкиваешься с опасностью..."-
Она тут начинает плакать, и, прекращает говорить. Затем делает глубокий вдох; будучи убеждённой, она тогда предполагая: "Из узурпированной - в преодолении препятствий, во-всём, куда нас бросает судьба. Подобно узурпировать: сопротивляться и, быть в победе! В моём триумфе, в самом ответственном смысле, как и, для любого – оставаться в живых и, быть свободным!"-

До сих пор, она всё меньше хранила в памяти своего бывшего; и, в конце концов согласилась с неудавшимся браком.

Как следствие анализа, она даёт слово: "...позабыть о моём муже! Пока он фальшиво притворялся влюблённым в меня! Но, на самом деле он никогда не был! По-крайнем мере, иначе Мбеки не бросил бы меня саму, бороться с насилием!"-

На следующий день, перед отбытием в Аэропорт, в попытке улететь к себе на Родину, Флора попрощалась; и отлетает...

ГЛАВА 26

Приличных полгода пролетело незаметно. Наступила Летняя ночь в Африке; сейчас, в этом месте, в одной миниатюрной таверне, за одним из столов можно увидеть Жана-Люка, сидящего, на деревянных стульях, параллельно к стойке бара; при этом, он потягивает алкоголь из рюмки - можно проследить, что он глубоко поглощён мыслями.

По-другую сторону стойки, можно приметить мужчину африканской наружности - бармена, Маках, кто придирчиво проверяет Жан-Люка.

Тот бармен, стоящий параллельно от, по-другую сторону стойки, и кто лично обслуживает всех тех клиентов, включая, Жан-Люка, а, он глубоко в своих мыслях.

Тем не менее, по ту сторону стойки, наблюдается как бармен часто отвлекает Жан-Люка, путём анализа расспрашивая вслух; но, видно, что он беспокоится за того: "Вы ещё что-то желаете, сэр?"- Спросил Африканец - хозяин бара, который работал здесь барменом, это - Маках.

А Жан-Люк реагирует строго, и, вслух: "Ещё порцию виски, пожалуйста!"- Заглядывая в пустой стакан, Жан-Люк дополняет, громко, и, указывая при этом, на стакан: "Подлей-ка, мне ещё виски"-

Теперь Жан-Люк опускает руку в карман; и, вытягивает сигареты, он затем запаливает одну. Потом он крепко втягивает в себя дым.

Когда же он смотрит в сторону входа, где, неожиданно, как гром среди ясного неба, среди голубоватого дыма повис, сформировавшийся, сам по-себе, через сигаретные кольца силуэт Флоры. Она лучезарно улыбается ему; похоже, у него были галлюцинации; настолько, пока этот образ оставался там, пару минут. До тех пор,...

Вдруг странный голос возвращает Жана-Люка в реальность. Производя путём анализировано состояния доктора, Макax здесь торжественно, но, серьёзно, говорит так: "Доктор! Я думаю, что вы приняли больше, чем достаточно, выпивки? Почему бы вам, не глотнуть кофе, вместо того? Могу поспорить, это может поставить вас обратно на ноги, доктор!"-
А, Жан-Люк в свою очередь, рассказывает бармену о своих чувствах, с тревогой: "Моя любовь настолько глубока к Флоре. Но, она даже не представляла себе о моей страсти и чувствах к ней. Как-то однажды, Флора мне сказала, что она не хочет быть узурпированной, снова..."- Он тут дышит глубоко; и вновь продолжает: "Ну вот, сейчас я узурпирован! И, что мне делать, сейчас? Я - несчастен. И, я хочу напиться, и забыть обо всём!"-
Вместо этого, бармен предполагает, чтобы Жан-Люк поступил вот как: "А, знаете, что доктор, почему бы вам не выразить свои чувства к Флоре, выложив всё, при написании для неё, письма? Делайте это, по-старой моде! И, мне сдавайтесь в вашем стремлении к любви, доктор!"- Подчёркивает, Макax. Обрадовавшись, Жан-Люк поднимая бокал: "Я пью с надеждой, за будущее с Флорой..."-

Позже, в ту же ночь, уже в свой квартире, Жан-Люк сидит за компьютером, и, пишет е-мейл Флоре: "Дорогая, Флора! Я надеюсь, вы не забыли меня?"-

ГЛАВА 27

Сейчас дневное время суток. Тут наблюдается, как Жан-Люк прибывает в родной город Флоры, Нью Хейвен, штат Коннектикут; в далёкую сторону; где на пороге дома, расположена резиденция Уитморов.

После того, как, хватаясь за идею, его следующим шагом неожиданное появление здесь Жана-Люка Картье. Теперь он звонит в их во-входную дверь, три раза.

Там, вдруг появляется Флора на пороге своего дома; но, она выглядит удивлённой, видя его у себя в родном городе. На самом деле, она выглядит в полной растерянной, сейчас. Всё же она поднимает руку; и, кладёт её ему на грудь: "Жан-Люк! Это - действительно, Вы?"- Она замолкает, неловко. Флора кажется, как бы страстной; и, при всём том, глядела на него, говоря так: "Что ты здесь, делаешь? Как?... Ты, как, приехал, специально, чтобы увидеть меня?"- А он глядит ей в глаза, но, гласит спокойно: "Конечно! Я не мог больше ждать. Я жаждал, от нетерпения, чтобы увидеть Вас..."- Но, она прерывает его речь; а, её глаза светятся радостью: "Я тоже о вас думала, Жан-Люк. Почему бы вам не зайти, ко-мне? Я бы хотела познакомились вас, с моей семьёй?"- Он же, неловко трясёт мышцами своих плеч; но, при этом он стесняется: "Ты уверенна, в этом, Флёр?"- А она в ответ, расплываясь лучезарной улыбкой, ещё кивает головой: "Я уверенна. Пожалуйста, заходи, Жан-Люк!"-

Здесь она отступает в сторону, таким путём, приглашая Жана-Люка в дом своей семьи.

Они двое обычно могли проводить много времени в компании друг друга; не задумываясь, проходя длинную дистанцию, по-улицам Нью-Хейвена... И так образом, Флора стала очень привязана к Жан-Люку...

Вскоре Флора и Жан-Люк попадают в зрения, где в настоящее время, находясь на этапе близкого знакомства, между ними.

Сейчас обычная Суббота, после второй половины дня, на улицах Нью-Хейвена. Солнце - в зените, и ярко светит; теперь поздняя осень, 'очей очарованья'; но, местами - облачно.

А в центре города появляется вдруг Флора, идущая рядом, с Жан-Люком. Внезапно эта парочка останавливается, и начинают целоваться; там, где, общественность, прогуливается в том районе; и, они со-своеобразным взглядом, на этих двоих.
Флора и Жан-Люк с ароматом, демонстрируя свои истинные чувства друг-другу; при всём этом, неумело они были влюблены...

А, при входе в зал, привлекает внимание Флора и Жан-Люк, только что вошли, в помещение диско-клуба.

Заплатив за билеты, эта парочка прогуливается прямо в танцевальный зал.

Вечером того же дня, эта парочка создала самостоятельно для себя атмосферу само-обеспечения, при продолжительности танца; в то время, как они наблюдают, за другими танцующими парами.

Как только появляется яркое освещение, они используют это для своих страстный поцелуев; и, при этом шепчутся, на фоне всего периода.

Здесь Флора сама, с очаровательным шёпотом к нему: "Я чувствую себя превосходно! Моё единственное желание состоит в том, чтобы отметку медленно установить для..."- На, что у Жан-Люк лучезарная улыбка: "Ба! Это хорошо узнать о том, что ты в своих чувствах убеждена. И я также, Флёр!"- Флора же делает вдох. И, здесь идёт восприятие от звучания её тона, который меняется на сожаление, и, она рассказываст: "С тобой будет всё в порядке, если ты пойдёшь в общежитие сам? Потому, что если я во-время не окажусь дома, боюсь мои родители могут свихнуться..."-
Она тут замолкает. Флора затем, соблазняет: "Жан-Люк, я приглашаю вас провести ночь в моём доме. Вы принимаете..."-

Далее прослеживается, как Флора и Жан-Люк, как на буксире – и так, как положено, при ухаживании...

Наконец-то Жан-Люк набрался смелости - предложив руку и сердце в Браке Флоре. Он тут, с нетерпением: "Флёр, я действительно люблю тебя! И, я прошу тебя выйти за меня замуж! Что ты мне ответишь?"-
А, её лицо, напротив, изменилось - покраснев:

"Жан-Люк, за всё это время, что мы провели вместе, я привязалась к вам! Я не могу выразить эмоции..."-
Она тут перестаёт говорить; принимает вдохи; глядит ему в глаза; при чём, щёки Флоры порозовели; и, она гласит, сгорая от желания: "Я влюбилась в тебя, Жан-Люк. И таков мой ответ - Да!"-

Следующим действием, во-время проведения Флоры и Жана-Люка свадебной церемонии, там раздаются такие слова мудрости; в присутствии гостей, а также, родных и близких жениха и невесты:

"Истинную любовь можно найти даже в самых тёмных уголках; и, когда любой проходит через тяжёлые испытания в своей жизни; поскольку такое действительно, существует!"-

ГЛАВА 28

В этом месте здесь, и, в это время дня суток, в поле зрения попадает Флора, чей самолёт приземляется на территорию Африки, где все её беды начались, там, каких-то два года назад.

Сейчас же Флора возвращается сюда - прохаживаясь по Аэропорту; и, заглядывая во-все уголки этого комплекса. Она нарядно одета, что своеобразно подходит к её внешности.

И, тут звучит, как такова есть мудрость жизни: "Когда, я покинула Танзанию, почти два года назад... Я думала в глубине своей души, что так или иначе, я должна вернуться обратно, в Африку!"-

На сей раз, Флора склоняет голову вниз; и, глотками вдыхает воздух, полный смысла, принимая, как должное мудрость жизни; и, она продолжает: "Наша сердечная беседа с Жан-Люком, заставила меня поддержать такую идею, как должное, что человечество обязаны действовать с состраданием, в отношении друг друга. Я прибыла сюда одна, но, будучи свободной от насилия. Я - женщина, и хочу начать новую жизнь с мужчиной, которого я истинно люблю, и, кем я, любима!"-

В тот же день, удивительным образом, возвращаясь в реальность: она всё также держит цветок в руке, который Жан-Люк подарил ей.

Флора сидит сейчас на пляже, на песке - босоногая, а, её обувь подле; одновременно она теряется в мыслях - у неё наплыв воспоминаний обо всём том, через что, ей пришлось пережить для того, чтобы оказаться там, где она - сейчас.

Откуда ни возьмись, мягкий, знакомый голос с акцентом, с теплотой, и, плавно манит Флору в реальность; произнося её имя, снова и снова.
Это никто иной, как - Жан-Люк, который опускается тут вниз, становится на колени.
    Разглядывая тут глаза Флоры, что светятся от радости; когда она обнимает Жана-Люка. Он также обнимает её; и здесь оба держат в объятиях друг друга. Теперь Жан-Люк в слух, но, взволнованно: "Флора, ты в порядке?"- Она же даёт ответ: "Слава Богу, сейчас я да! Знаешь, что Жан-Люк, я бы ждала настоящую любовь, как эта, в ближайшие годы?"- Так она подчёркивает, давая намёк. У него же, широко-поставлена улыбка: "Я буду любить тебя всегда!"-
А, Флора глотками вдыхает морской воздух, объявляя: "Я тоже люблю тебя, и так будет навсегда!"- Это звучит - убедительно.

Сейчас Флора и Жан-Люк поднимаются, стоя на ногах, когда оба прижались другу-к-другу, с искрой притяжения – и, они забывают о тех, кто находится вокруг них.

Далее прослеживается нить: Флора и Жан-Люк оба прильнули, в страстном поцелуе...

Потом Флора и Жан-Люк, взявшись за руки, идут рука об руку, в сторону заката солнца, и стали исчезать за горизонтом.

КОНЕЦ.